SEN, B[illegible] AŞKIMIZ

Albertine ve Christophe Maurice

Fransızcadan çeviren: Neslihan Burcu Akdağ

SİSTEM YAYINCILIK

Sistem Yayıncılık: 461
Kadın- Erkek Dizisi

SEN, BEN VE AŞKIMIZ
Albertine & Christophe Maurice

Kitabın Özgün Adı
Mettez de l'action dans votre couple

Fransızcadan çeviren: **Neslihan Burcu Akdağ**
Kapak illüstrasyonu: **Hide Nakajima**
Yayına hazırlayan: **Seda Toksoy**

Birinci Basım: Şubat 2005/İstanbul – 5.000 adet
ISBN: 975-322-361-7

Dizgi: Ebru Öner
Baskı - Cilt: Kurtiş Matbaacılık

Yayın ve Dağıtım:
SİSTEM YAYINCILIK VE MAT.SAN.TİC.A.Ş.
Tünel, Nergis Sokak, Sistem Apartmanı, No:4 34430 Beyoğlu/İstanbul
Tel: (212) 293 83 72 - pbx Faks: (212) 245 66 14
E-posta: sistem@sistem.com.tr
web: http://www.sistem.com.tr

Elsa, Nina ve Félix için

İçindekiler

Önsöz

İki kişi arasındaki gönül ilişkisi
modern dünyanın sonuncu büyük macerasıdır.

André Malraux

Yaklaşık çeyrek yüzyıldır evli bir çift gibi yaşıyoruz. Herkesin tecrübe ettiği gibi, ikimizden birinin ilişkimizi savsakladığı ya da hor kullandığı zamanlarımız oldu. Bu bazen faydalı ve gerekli bir geçişti; çoğu zaman da ihmalkarlıktan, inattan ya da aşk hikayemize özen göstermeyi bilemememizden kaynaklanıyordu. Tıpkı tiyatrodaki seyirciler gibi mutluluğun gökyüzünden inmesini bekliyorduk, biz onun peşine düşmüyorduk. Ve, ilginçtir, tutumumuzu bu şekilde sürdürmek için her zaman iyi bir nedenimiz vardı!

İlişkimizin biraz zamana, bir parça dinginliğe ve şefkat dolu bir ilgiye ihtiyaç duyduğunun, bunlar olmadığı takdirde tıpkı çölün ortasındaki bir çiçek gibi kuruyup gideceğinin farkına vardığımız gün harekete geçmeye karar verdik. İkimiz de böyle bir şeyin olmasını istemiyorduk.

“Gülü bu kadar önemli kılan şey onun için harcadığınız zamandır.” Antoine de Saint-Exupéry’nin bu metaforunun bir yankısı olarak ilk ilişki oyunlarımızı icat ettik ve ardından bunları teste tâbi tuttuk! Elinizdeki kitap çalışmalarımızın meyvesidir. İzleyen sayfalarda ilişkinizdeki kıvılcımı canlı tutmak için benimsenebilecek tutumları, stratejileri ve kimi zaman şiirsel kimi zaman eğlenceli olan yolları keşfedeceksiniz.

Ortak yaşamımızın aktörleri olmak

Haklı olarak "yumuşak bilimler" diye adlandırılan beşeri bilimlerde uzman olanlar kendi alanlarında işlerin karmaşık, her bireyin kendine özgü, her durumun benzersiz olduğunu söyler ve reçetelerin olmadığını belirtirler. Ama biz, kendimizi ilişkimiz için çok önemli olan şu soruyu sormakla yükümlü görmemenin yazık olacağını düşünüyoruz: "Hayatı paylaştığımız bu erkekle veya bu kadınla, şimdi ve burada, ne yapmamız gerekir ki zaman geçtikçe beraber büyüdüğümüzü, birbirimizi güzelleştirdiğimizi hissedelim?"

İlişkimizde bir şeyler yolunda gitmediğinde, sözlü ping-pong oynamaya başlar, zihnimizin çekmecelerinden öylesine güven veren ama bir o kadar da etkisiz olan eski senaryolarımızı çıkarırız... Bu şekilde davranarak, gerektiği zaman gerçekten değişmemizi, ortak yaşamımızın aktörleri olmamızı, kendimizi daha iyi tanımamızı ve yaptıklarımız işe yaramadığında yeni yollar keşfetmemizi sağlayacak somut eylemleri, basit hareket ve tutumları göz ardı ederiz. Gerçekten de, harekete geçtiğimiz zaman çok daha iyi öğreniriz. Çünkü varoluşun gerçek büyüsü orada, eylemde yatar. Harekete geçmek bizi sakinleştirir ve gücümüzün farkına varmamızı, gerçek üzerinde nüfuz sahibi olduğumuzu hissetmemizi ve hayatın gösterdiği yönde beraber ilerlememizi sağlar.

Peki niçin bu kitaba bir oyun boyutu da kattık? Çünkü oyunun durup geriye doğru bir adım atarak kendimize ve hayatımızı paylaştığımız kişiye uzaktan bakmamızı sağlayan en iyi yollardan biri olduğunu inanıyor ve, ayrıca, bunun mutluluğu beraber kucaklamamızı sağlayacağını düşünüyoruz.

Psikolojik yapılardan sakınmak

Çoğu zaman aşkın bize bir defaya mahsus olarak bahşedildiğini düşünür ve bu inancımıza zıt düşen her şeye gözlerimizi kaparız. Halbuki *gönlünü kaptırmak* ve *aşık olmak* birbirinden çok farklı iki deneyimdir. Birincisi, taze aşıkların gözünde bir mucizedir –ve mucizeler bereket versin ki o kadar da nadir değildir– ikincisi ise bir sanattır.

İlişkimizde sorunlar baş gösterdiği ve bir çözüm bulmamız gerektiğinde enerjimizin büyük bir kısmını ciddi ve mantıklı ama nadiren lehimizde olan eylemlerde tüketiriz. Daha net görebilmek için elimizdeki küreyi tekrar tekrar sallama konusunda ustalaşmış olan bizler "başka şekilde nasıl yapılabilir?" sorusunu sormaktan çok "olayların *nedenini* aramanın daha faydalı olacağını düşünürüz. Şüphesiz bu yüzdendir ki sevgi konusundaki yaratıcılığımızı psikolojik yapıların ve aynı hamurdan diğer canavarların sunağında kurban ederiz. Peki ama arabayla bir gezinti yapabilmek için içten yanmalı motorun nasıl çalıştığını eksiksiz bilmenin şart olduğuna inanıyor musunuz?

Gerçekler ortada: Doğru davranmak kaygısıyla hayal gücümüzü ve duygularımızı boğuyor, kendimizi çoğu zaman zararlı olan akılcı bir tutuma teslim ediyoruz. Bu da bizi kendimizin seyircisi haline dönüştürüyor ve her şeyi yarına erteleme huyunu benimsemeye itiyor.

İlişkimizin, bu ilişkinin etkilerinin ve zorluklarının entelektüel farkındalığı bizi endişelendirebilir ancak bu, istediğimiz kadar tüm cesaretimizle sorunumuzun üstüne gidelim, aşk ilişkimizde gerçek bir değişim başlatmak için yeterli değildir. Bir kere daha, çıkış yolu eylemde ve oyundadır. Umarız bu kitap bir anahtar olur!

İçimizdeki dehaya çağrıda bulunmak

Aynı nedenin her zaman aynı etkiyi yaratacağını ve sorunumuzun ya da çektiğimiz acıların bilimsel, akılcı, tıbbi bir yanıtı olduğunu düşünme eğilimindeyizdir. Tek bir yanıt, iyi bir yanıt. İşte bunun için danışmanlara, tedavi uzmanlarına ve seksologlara başvururuz ve onlar da, kendileri buna karşı çıksalar da, çoğu zaman bize kendi yanıtlarını verirler. Bu kaçınılmazdır. Bu kişilerin aracılığı ilişkinin can çekişmesini engellemekte yararlı olsa da çoğunlukla çözümün yalnız bir parçasını oluşturur. Bizce, kendi inşa ettiğimiz duvarı sonunda aşmamızı sağlayacak olan, her şeyden önce içimizdeki o karşılıklı dehadır.

Kirpilerin ikilemini çözmek

Aktörlerin hayvanlar olduğu bu meselin yaratıcısı Alman filozof Arthur Schopenhauer'dir. Normalde sıcak ülkelerde yaşayan iki kirpi yollarını kaybedip dondurucu bir soğuğun hüküm sürdüğü bir bölgeye gelmişler. Donmaktan kurtulmak ve bir parça ısınmak için birbirlerine sokuluyorlarmış. Ama dikenleriyle birbirlerini delik deşik etmemek için ayrı durmak zorunda olduklarını hemen anlamış ve uzaklaşmışlar... Ta ki soğuk onları tekrar birbirlerine yaklaşmaya zorlayana kadar. Yo-yo oyunu bu şekilde devam etmiş ve hayvanlar sıcaklığın verdiği hoşnutluk ile yakınlıklarının neden olduğu acı arasında bocalayıp durmuşlar.

Kirpilerin başına gelen bu talihsizlik sevdiğimiz kişiyle paylaştığımız ilişkimizde çoğu zaman karşı karşıya kaldığımız ikilemi akla getirir. Başlangıçta hissettiğimiz keskin soğuk bizi iyiden iyiye nevrotikleştirir ve kendimizi, eşine zor rastlanan bir zevkle, karşı tarafın dikenleriyle delik deşik olmaya bırakırız.

Ardından, artan sıcaklıkla kendimizi daha iyi hissettiğimizde soğuk artık bizi o kadar da rahatsız etmez ve diğerinin dikenleri daha da fazla acı vermeye başlar –bu elbette onun hatasıdır! Hatta bazen karşımızdakinin görüntüsü bile tüylerimizi diken diken eder. O artık bizde hayranlık uyandırmıyor, merakımızı cezbetmiyordur. Tutkumuz azalır. İkimiz de, dikenlerimizle, artık tek bir şey yapar hale geliriz: Birbirimize yaşam uyuşturucuları zerk etmek.

Yakışıklı Prens ve Kusursuz Kadın sonunda düşlerinin üzerine bir çizgi çekerler ve tembellik ile uyuşukluk gelip yerleşir. Tutku, aşk ve mutluluk tıka basa doldurulmuş bir bavuldan kısmetimize çekip çıkarttığımız nesneler değil, inşa edilen, beslenen, büyütülen ve bizim de büyümemizi sağlayan şeylerdir. Bu da ancak bir çifti oluşturan taraflar arasında tutarlı bir hikaye ve ritüeller oluşturarak ve nitelikli bir iletişim sağlamakla mümkün olabilir.

Mağara adamına veda etmek

Gönül ilişkileri hiç kuşkusuz olabilecek en arkaik, ham bir şekilde iletişim kurduğumuz yerlerdir. Bulunduğumuz sosyal ya da profesyonel çevrelerde medeni davranmayı, kibar olmayı ve kimi tartışma kurallarına uyarak kendimizi ifade etmeyi genellikle becerebiliyorsak da, ilişkimizde kurduğumuz iletişim, yumuşatılmış bir ifadeyle, genellikle "yontulmamış"tır. Elbette ilişkinin başlarında partnerimiz bizde saygı ve hayranlık uyandırıyordu. Onu incitmemek için kelimelerimizi gül ağacından yapılma küçük terazilerde tartıyorduk. Ama –yine de genellemelerden sakınalım– zamanla, bazen kısa bir süre sonra, sanki gittikçe daha az özen göstererek, kullandığımız dilde ve hareketlerimizde kendimize bazı özgürlükler tanırız. Bunlar da tamamen kabalaşmadığımız zamanlarda nezaketsizliğin kıyısında dolaşmamıza neden olur. Bu kitap aynı zamanda bu sıkıntı verici durumu da değiştirmek amacıyla kaleme alındı: Gerçek sevgi kabalığa ve bayağılığa nadiren razı olur.

Tüm farklılıklara saygı göstermek

Kadınların ve erkeklerin bazı fiziksel ve biyolojik farklılıkları olduğu kimse için yeni bir haber değildir. Ama çok eski çağlardan beri kültür ve eğitim kriterleri iki cinsiyete belirli roller, tutumlar ve davranışlar tahsis ederek bunların kendilerine has özelliklerini vurgulamaktadır. Ve bunu çocukluktan itibaren yaparlar.

Bu ikili mantık kimliğimizin gelişimini biçimlendirir ve bizi cinsiyetimize uygun davranmaya iter. Erkek ya da kadın olmamıza bağlı olarak, dili kullanışımız, benimsediğimiz davranışlar, duygularımızı ifade ediş biçimimiz ve cinsellik konusundaki tutumumuz farklı olmak zorundadır. Üstelik bu alanda yapılan çok sayıdaki araştırmaya bakacak olursak erkeklerin kadınlardan çok daha agresif, kadınların da erkeklerden daha empatik ve sözel olmayan iletişime daha hassas olduklarını öğreniriz.

Ancak yine de kadınlar ve erkekler arasındaki bu simetrik farklılaşmayı abartmamak gerekir: Ne de olsa benzer noktaları farklılıklarından çok daha fazladır. Bir erkek bir kadına bir filin bir zürafaya benzediğinden çok daha fazla benzer. Ve açıkçası biz de klasik savaşçı ve baştan çıkarıcı rollerinin neden altüst edilemeyeceğini anlamakta zorlanıyoruz. Bununla birlikte, hayatımızın ilk günlerinde hiçbir farklılaşmanın olmadığını ve sonrasında her kadında "bir parça erkeklik", her erkekte de "bir parça dişilik" bulunduğunu hepimiz biliyoruz. Bu evrensel ikiliği en güzel şekilde Çin kaynaklı yin-yang kavramı ifade etmektedir.

Kadınların ve erkeklerin tutumları ve davranışları arasındaki uyumsuzlukları vurgulayan kitaplar günümüzde çok popülerdir. Hatta içlerinden bazıları, bu bir metafor olsa bile, kadınların ve erkeklerin farklı gezegenlerden geldiğini iddia eder! Biz, kendi açımızdan, "ötekini anlama"nın tüm farklılıklara, tüm özelliklere saygıdan geçtiğini ve bireylerin, onları tanımladığını ya da sınıflandırdığını ileri süren etiketlerin –cinsel etiketler de buna dahil– çok daha ötesinde olduklarını düşünüyoruz. İşte bu yüzden oyunlarımızda kadınlara ya da erkeklere özgü roller ya da görevler vermiyoruz. Her çift kendi arzuları doğrultusunda hareket edebilecektir.

Beraber olmak

Doğası ne olursa olsun, çiftler günümüzde oldukça bireyci olan toplumumuzda başlıca ilgi alanıdır. Bunun nedeni, şüphesiz, çiftlerin insanlığın güneşinin hâlâ sıcacık parladığı son kalenin habercisi olmasıdır. Beraber yaşamak insanlığın en derin kaygılarına –terk edilmek ve yalnızlık– yanıt vermemize, geleceğe iyimser bakmamıza, gelişmemize, tehlikede olacağımızdan endişe duymaksızın hayal gücü ve şahsi şeffaflık göstermemize, başkalarına doğru ilerleyebilmemize, kısacası hayata güven duymamıza olanak tanır.

Sunmanın verdiği mutluluk, almanın verdiği haz, biri için varolduğunu hissetmenin verdiği dinginlik... Ama yine de bu kaleyi bir sığınağa çevirmemeye dikkat etmek gerekir. Günümüzde "kozaya çekilmek" olarak adlandırılan eğilim, çiftleri bir tehlike olarak algıladıkları dış dünyayla ilişkilerini kesmeye iten bir sevgi türüne doğru götürmektedir. Bizce çiftler dünyaya açılan bir köprüdür, cılız ışıklı bir ampulle zar zor aydınlanan bir mağara geçidi değil.

Fotokopi makinesinin fişini çekmek

Biz bir bütünüz. İlişkimizi nasıl yaşadığımız toplumsal ve profesyonel çevremize yansır. Etrafımızdaki insanlara bakmamız buna ikna olmamız için yeterlidir: Uyumlu ve yapıcı bir aşk hayatı olmayanlar kolayca fark edilebilir. Üzgün ve aylak bir havaları vardır; kendileriyle barışık görünmezler ve çoğu zaman başkalarıyla iletişim kurmakta zorlanırlar. Öfke ve sıkıntı arasında gidip gelirler ve kimi zaman hastalıkta teselli bulurlar. Bir çift olarak yaşadıkları ilişki çile dolu uzun bir yola benzer ve, olumlu hiçbir sonuca götürmese de, kendilerini sürekli aynı şekilde davranmaya iten bir döngüye kapılmış gibi görünürler.

Bu çiftler "fotokopi makinesi sendromu"nun kurbanlarıdır. Bunun doğal sonucu da şudur: Kopya sayısını artırmak faydasızdır. Eğer orijinal değiştirilmezse elde edilen sonuç her zaman aynı olacaktır.

Ama yine de sizi bir konuda ikna etmek isteriz: Her olay karşıtını doğurabilir. Kaçınılmazlık diye bir şey söz konusu değildir ve geçmiş hatalarımıza olumlu değişkeler bulabilmek için özel yeteneklere ihtiyacımız yoktur. Yaptığımız hataların sorumluluğunu kendimizden başka hiç kimseye yükleyemeyiz ve hayatımızı değiştirmek için tüm olanaklar bizim elimizdedir. Şunu zihninize kazıyın: Eğer ilişkiler partnerleri yıpratıp harap edebiliyorsa, aynı şekilde onları zenginleştirip dünyanın gözünde ışıldamalarını sağlamamaları için hiçbir neden yoktur.

Aşk hayatınıza yeni bir yön vermeye hazır mısınız? İlişkinizi gerçek bir keşif, şiir, buluşma ve eğitim mekanı haline getirmeye hazır mısınız? Saklamaya gerek yok: Aşk konusundaki kabiliyetinizi dolu dolu geliştirmek için gerekli olan ruhsal gücün sizde mevcut olduğundan eminiz. Eğer amacınız gerçekten de buysa!

Kullanım kılavuzu

Okuma

Bu kitabı girişimimizin ruhunu anlamak ve size önerdiğimiz alıştırmalara ve oyunlara ısınmak için önce ayrı ayrı, sonra da –kendinizi harekete hazırlamak için– beraber okuyabilirsiniz! Kitabın bölümlerini özgürce "tüketin"; aperatiflerden başlayıp ana yemekten geçerek tatlıya kadar gidin. Ya da bırakın ruh haliniz veya anın getirdiği seçimler sizi yönlendirsin, tıpkı bir açık büfenin önündeymişsiniz gibi. Elbette oyunları istediğiniz kadar tekrarlayabilirsiniz. Çok hoşumuza giden bir yemeğin niçin sadece bir defa tadına bakalım ki? Hele de aşçıbaşları sürekli kendilerini geliştiriyorlarsa!

Ritim

Aktiviteler için belirli bir sıklık belirtme ihtiyacını duymuyoruz, zira sonuç elde etmek için bunların düzenli bir şekilde yapılması gerekmiyor. Burada amaç bir zorlama hissederek değil, ilişkinin mutluluğu için bir sevgi evrimini başlatma arzusuyla eyleme geçmektir. Ancak, doğal olarak, eğer azıcık da olsa çaba göstermez ve kollarınızı kavuşturup beklerseniz, sizin açınızdan hiçbir yenilik olmayacağını şimdiden söyleyebiliriz.

Eylem

Bazı alıştırmalar için kendi başınıza, partnerinizden ayrı hareket etmeniz gerekiyor. Böylece tutumunuzun ilişkiniz üzerinde nasıl bir etki yaptığını zaman kaybetmeksizin ölçebilirsiniz. Diğer alıştırmaları ise, önerilerimiz doğrultusunda, beraber yapacaksınız. Bu da, alıştırmalar için her ikinizin de ve aynı anda zaman ayırmasını, birbiriniz için orada hazır bulunmasını, ayrıca uyanık ve dinlemede olmasını gerektiriyor. Zamanınız değerlidir, çünkü yaşamınızın her saniyesi eşsiz bir andır. Ama ilişkinize zaman ayırmayı gerçekten istiyorsanız, bundan pişmanlık duymayacağınıza söz veriyoruz.

Niyetimiz kesinlikle talimat vermek değil; önerilerimiz esnek ve yalnızca biçimseldir. Kendinizden bir şeyler katmakta tamamen özgürsünüz: Tuzu, biberi ve baharatları size bırakıyoruz. Daha sonra, ilham perinizin yardımıyla siz de kendi özgün yolunuzu ortaya koyabilirsiniz.

Bahaneler

Eyleme geçmemek, mutluluğu ertelemek ve sevgi yolunda koltuk değnekleriyle ilerlemek için birçok bahane bulunabilir. Her şeyin eskisi gibi devam etmesi için partnerinize ileri sürebileceğiniz nedenlerden bazılarını aşağıdaki listede görebilirsiniz:

- Zamanım yok.
- Bu ciddi/mantıklı değil.
- Bunun bizimle bir ilgisi yok.
- Kesinlikle işe yaramaz.
- Benim için aşk bu demek değil.
- Sen önce kafandakileri bir düzene sok.
- Bu konuda biraz konuşmamız gerek.
- Bu tür kitaplar satın alıyorsan bir sorunun var demektir. Benim açımdan her şey yolunda!
- Bu tek bir şeyi kanıtlar: Beni sevmediğini.
- Kendini değiştirmekle işe başla. Sonra ben de ne yapabileceğime bakarım.

Eğer bir süredir beraberseniz, sıkça kullandığımız ve bize hayatı zehir eden, görünürde zararsız bu küçük katil cümleler listesini uzatmamıza yardımcı olabilirsiniz. Size bu kitapta önerdiğimiz aktiviteler biraz kişisel dürüstlük, çokça hayal gücü, bol miktarda cömertlik ve sevgiyi öğrenmek veya yeniden öğrenmek için gerçekten arzu duymayı gerektiriyor.

Ne olursa olsun, eğer kuşkucu, mutluluğa alerjik ya da tutuculuğa yatkınsanız, bu kitabı partnerinizi eleştirmek, utandırmak veya suçlamak için bir bahane olarak kullanmamanızı rica ediyoruz. Bir parça girişimci olmaktan zarar gelmez. Oyunlarımıza bir göz atmak ve olumsuz bir önyargıya takılıp kalmaksızın bir fikir sahibi olmak için kendinize yeterince zaman tanıyın.

Biliyordum zaten!

Başka tutumlar benimsediğimizde ya da partnerimizle yeni sevgi alanları keşfettiğimizde "Bunu zaten biliyordum" demek de sık rastlanan bir tepkidir. Sanki her şey birden apaçık bir hal alır ve artık hiçbir şey bizi hayrete düşüremez veya şaşırtamaz. Ortaya çıkan bir şeyi haber vermek doğal olarak kolaydır; peki ama sağduyumuzdan hiçbir şeyin kaçmayacağına dair bu his aslında neyi saklamaktadır?

Oyunun izlediği yol

Bütün "ilkler" yerinde ve anlaşılabilir bir kaygıya neden olur: Elimize geçecek avantajları sezebiliyorsak bile, bilmediğimiz bir yöne doğru gitme konusunda doğamız gereği isteksizlik gösteririz. İlk defa bisiklete bindiğinizde, liseye başladığınızda, ilk öpücüğünüzü verdiğinizde neler hissettiğinizi anımsayın... Sıkıntılı ve verimsiz gerilimleri engellemek amacıyla sizi aşağıdaki öğütleri göz önünde bulundurmaya davet ediyoruz:

- Birbirinizden mantıksız beklentilerden kaçının.
İlk denemelerden itibaren hemen başarıya ulaşmayı istemek veya her şeye bir son vermekle tehdit etmek şımarık çocuklara özgü bir tutumdur ve sizi pek de uzağa götürmez. Demir döve döve demirci olunur, demirci dükkanını satın alarak değil!

- Hata yapmayı kabullenin!
Partnerinize ve kendinize karşı şefkatli olun. Hatalarınızı dramatize etmekten vazgeçin: Onlar sizin en iyi müttefiklerinizdir. Her şeyin göreli olduğunu aklınızdan çıkarmayın.

- İlk seferinde yaşadığınız keyfi düşünün!
Her yeni aşk deneyimi duygular açısından oldukça zengindir ve büyülü bir boyut barındırır: Birbirimize hem ilişkimiz hem de birbirimiz için bir şeyler yapma fırsatını vermemizi sağlar.

- Ortak yaşamınıza mizah duygusu ile yaklaşın!
Eğer ciddi olmak, birçok konuda olgunluğun, onaylanmanın ve verilen sözlerin bir teminatıysa ilişki, aşk ve cinsellik de yaşamın daha eğlenceli bir boyutunu mutlulukla kabul ederler. Kahkahalar, maskaralıklar ve neşe üzerimizdeki gerginliği atmamıza, karanlık düşüncelerimizden kurtulmamıza ve biraz geride durarak kendimize uzaktan bakmamıza olanak tanır.

- Çocukları gözlemleyin!
Oyun oyundur. Çocukları gözlemleyin ve taklit edin: Bir oyun kötü sonuçlar doğuracağına, herhangi bir şekilde partnerinizi inciteceğine dair sinyaller verdiğinde veya tatsız bir hal aldığında oyunu hemen durdurun ve başka bir şeyle meşgul olun.

- Şefkat ve nezaket gösterin!

  Bu iki kelimenin, esinledikleri tutumlar ve eylemlerden çok ya alaycı gülümsemelere ya da küçümseyici yorumlara neden olmaları oldukça şaşırtıcıdır. Bu kelimelere neden yeniden güç kazandırmayalım?

- Güven duyun!

  İçinde yaşadığımız kültür bizi çoğu zaman yalnızca yolunda gitmeyen şeyleri hatırlamaya, bardağın yarısının dolu olduğunu değil de diğer yarısının boş olduğunu görmeye ve sadece hatalarımızın ve yetersizliklerimizin farkına varmaya iter. Kişiliğimizin güzel, parlak, sevilmeye değer yönlerini görmeyiz. Bu tutum kendimize olan güvenimizi sarsar ve, dolayısıyla, başkalarından korkmamıza neden olur. Kendimizi olayları başka şekilde görmek üzere yeniden programlayabiliriz, zira içimizdeki potansiyel hayal bile edemeyeceğimiz kadar büyüktür; bundan hiç şüpheniz olmasın!

- Tepki vermektense harekete geçin!

  Öfkelendiğimizde, korktuğumuzda ya da kendimizi tehlikede hissettiğimizde bizi yönlendiren başlıca tutumlar tıpkı arenadaki boğa gibi hareket etmemize neden olur: Ağacı ormandan ayırt etmemizi sağlayacak olan mesafeyi göz önünde bulundurmaksızın, duygularımızı ayaklandıran sinyale doğru kafamızı eğerek bodoslama dalarız! Aşk hayatımızın başlıca aktörleri olan bizler, reaktörlerimiz bizi paramparça etmeden önce onları kapasak neler kazanırız aslında!

Oyunun çerçevesi

Oyunda hiç kural olmaması en az kuralların aşırı sert olması kadar zararlıdır. Her şeyin aranızda tamamıyla netleşmesi için aşağıdaki birkaç prensibi öneriyoruz:

- Oyunu oynamayı kabul edin.
- İçtenlik gösterin.
- Sabırlı olun. Partnerinizin reddine ya da vakit ayıramamasına saygı gösterin.
- Kendinizi iyi hissetmediğinizde karşınızdakini cezalandırmaktan vazgeçin.
- Partneriniz sizi sınamaya ya da size misilleme yapmaya çalışırsa ona izin vermeyin. Aynı şekilde, partnerinizi sınamayın ve ona misilleme yapmayın.
- Eşinize şu hakları tanıyın: Aşk hakkı, kendini sizinle güvende hissetme hakkı, sizin eşitiniz olma hakkı ve sizin yanınızda serpilme hakkı.
- Yargılamanın ve kınamanın her türünü kendinize yasak edin.

Not

Metni gereğinden fazla kalabalıklaştırmamak için beraber yaşadığımız kişiden –kadın ya da erkek– "o" diye bahsettik.

VALİZLERİ YERE BIRAKMAK

İlişkimizde üç varlık söz konusudur: Sen, ben (belki de suç ortağıyız, hiç şüphesiz farklıyız, ikimizin de bir geçmişi, bir eğitimi, bir aile görgüsü ve değerleri var) ve göz önünde bulundurulması gereken üçüncü bir parametre: Birlikteliğimiz. Basit bir temastan tutun da yok edici bir kaynaşmaya kadar... "Sevmek" kendini sevmek, ötekini sevmek ve ikimizin beraber inşa ettiği evreni ve tarihi sevmek demektir... Dengeyi kaybetmeden!

Bu ilk etapta sizden ilişkinizin valizlerini yere bırakmanızı ve –tüm samimiyetinizle, boş kavramlara takılıp kalmadan ve kendinizi masallarla kandırmadan– maceranızda bir durum saptaması yapmanızı isteyeceğiz. Her ikiniz de yaşadıklarınızı ve hissettiklerinizi serinkanlılıkla kıyaslamaya hazır mısınız?

Çevirmeye başladığınız filmde, beraber geçirdiğiniz zamanla orantılı sayıda –bu süre çok kısa bile olsa– bobin vardır. Kimi sahneler güzeldir. Kimi sahnelerinse daha farklı çekilseler daha iyi olacaklarını düşünürsünüz. Bazı bobinler aşırı ışığa maruz kalmıştır. Diğerleriyse gizli arşivinizin raflarındaki yerlerini hak etmiştir. Belki de elinizde daha kilometrelerce boş film kalmıştır! Ama senaryonuzun gerçekleştirilmesine başlamadan önce, bobinlerinizin sınıflandırmasını yapmanız için sizi özel bir gösterime katılmaya davet ediyoruz!

1

Işık!

Her ikiniz de, ayrı ayrı, şimdiye kadar ciddi bir biçimde söylediğiniz, düşündüğünüz veya söyleyebileceğiniz cümleleri aşağıdaki listede işaretleyin.

- Aşkta hüsran kaçınılmazdır.
- İlişkiler yıpranır, bu kadar basit!
- Aşk bir talih işidir.
- Aşktan kolay bir şey yoktur.
- Hiçbir şey bana aşk konusunda yeni bir şey öğretemez.
- Benim için sevilmek sevmekten daha önemlidir.
- Aşk huzur dolu bir dinlence mekanıdır.
- Şefkat aşktan çok daha yüce bir duygudur.
- Beraber yaşadığımız insandan her şeyi bekleyebilmeliyiz.
- Sevmek birbirine karşı tamamen şeffaf olmak demektir.

İşaretlediğiniz her cümle için kendinize bir puan verin. Puanlarınızı toplayın.

Beraber on puandan az mı elde ettiniz?

Bize öyle geliyor ki çok önemli bir şeyin farkına varmışsınız: Aşk ilgi ve bakım gerektiren bir bahçedir. Çiçeklerin dilinden anlıyorsunuz ve sizi bizimle beraber bahçıvanlık becerilerinizi geliştirmeye davet ediyoruz.

On puan ya da daha fazla mı elde ettiniz?

Aşka ve ilişkilere ortak bakışınız aşkın basit bir deneyim olduğuna dair alışılmış inanışlara yakın görünüyor: Bu inanışlara göredir ki ilk önce aşkın ağına düşülür sonra da ona kapılıp gidilir. Bu noktada şunu açıkça belirtmek isteriz: Bu romantik bir yanılsamadan başka bir şey değildir. Aşk yaşamınız bilinçlenmenizi, zamanınızı, enerjinizi, kişisel yatırımınızı ve bir hayat disiplini gerektirir.

Yanıtlarınızı karşılaştırarak ve sakin bir şekilde tartışarak eğlenceli vakit geçirebilirsiniz. Eğer yanıtlarınız birbirinden çok farklıysa, bu durum özellikle yapıcı sohbetlere dalmanızı sağlayabilir.

2

Ayna ayna, güzel ayna...

Yaşamı paylaştığımız insanı sevme kapasitemiz kendimizi sevme ve kendimize özen gösterme becerimizle sıkı sıkıya ilişkilidir. Eğer kendimizden memnun değilsek, bir başkasının bizimle birlikteyken mutlu olacağı da şüphelidir. İşte ilişkiniz için çok önemli bir soru: Kendinizi seviyor musunuz?

Bu alıştırmayı tek başınıza yapın. Bir aynanın önüne rahatça yerleşin ve yüzünüzü dikkatle inceleyin. Yansımanızın önünde uzun bir süre kalın ve onu tanımaya, kendinizi ona alıştırmaya çalışın. Acele etmeyin. Eğer yeterince zamanınız yoksa bu işi başka bir güne erteleyin.

Ne görüyorsunuz? Kimi görüyorsunuz? Elbette kendinizi görüyorsunuz ama ya daha başka?.. Eğer yüzünüzün ifade ettiği şeyi sözcüklerle tercüme etmeniz gerekseydi hangi kelimeleri, hangi sıfatları kullanırdınız?

Görüntünüzde ne hoşunuza gidiyor? Kendinizle barışık yaşadığınızı, bedeninize hak ettiği özeni gösterdiğinizi düşünüyor musunuz?

Kendinizi bugün nasıl görüyorsunuz? Bu suret sizde hangi duyguları harekete geçiriyor? Yaşamınızda, aşk hayatınızda tam bir tatmin bulmak için ne gibi ihtiyaçlar duyuyorsunuz?

Şimdi, sanki en mahrem tarafınızı sorguluyormuşçasına, gözlerinizin içine bakın ve şu soruyu mümkün olduğunca kesin bir şekilde yanıtlamaya gayret edin: Kendinize daha fazla güven ve saygı duymak için kendinizden ne beklerdiniz?

Şimdi de küçük bir çocuk olduğunuzu hayal edin. Kendinize içtenlikle gülümseyin ve görüntünüzden ayrılırken kendinize gerçekten iyi bakma arzusunu yürekten hissedin.

Ayna alıştırması ne narsistik ne de çocukçadır. Kendimize birkaç dakikalığına özel bir ilgi göstermemiz ruh hastası olduğumuz anlamına gelmez. Öte yandan, eğer kendimize biraz daha şefkatli ve kibar davranabilseydik, yaşamla ve başka insanlarla şüphesiz çok daha sıcak ilişkiler kurabilirdik.

3

Fotoğraftaki rötuş

Partnerinizin gerçeğin hakkını verdiğini düşündüğünüz bir portre fotoğrafını seçin ve yüzüne konsantre olun. Yüz çizgilerinde, bakışında ne hoşunuza gidiyor? Bu portre sizde hangi duyguları uyandırıyor? Size özel bir şey anımsatıyor mu? Bu portreyle bağlantılı olan hoş bir anı, bir duygu, bir ışık, bir koku aklınıza geliyor mu? Uyanıkken rüya görüyormuşçasına kendinizi bu anımsama ve çağrışımlara bırakın. Hiç acele etmeyin.

Şimdi bir parça kağıt alın ve aşağıdaki soruları kısaca yanıtlayın:

- Hangi nedenler sizi başka birisiyle değil de bu insanla beraber yaşamaya itti?
- Bu kişinin özellikle hangi yönünü sevmiştiniz? Peki ya fiziğinde? Karakterinde? Hayata bakışında? Değerlerinde?
- Bu duygular bugün de hâlâ geçerli mi? Bunu neye dayanarak söylüyorsunuz?

Şimdi sevdiğiniz kişinin yüzünü fotoğraftan kesin ve kaliteli bir kağıda yapıştırın. Kuru boyalar, keçe kalemler ve renkli mürekkeplerle dolu bir kutu hazırlayın ve hayal gücünüzü serbest bırakın. Kabiliyetinizin olup olmaması fark etmiyor: Partnerinizin yüzünün çevresindeki alanı doldurarak ona yeni bir boyut kazandırın. Eseriniz soyut mu, yoksa figüratif mi? Çizgiler mi kullandınız, yoksa leke leke renkler mi? Bunun hiçbir önemi yok. Ne hissediyorsanız onu yapın. İsterseniz kelimeler, semboller de ekleyebilirsiniz... Asıl önemli olan ortaya çıkan sonucun sizi memnun etmesidir.

Bu alıştırmadan sonra birbirinize eserlerinizi gösterin. Her tür eleştirel analizden ve olumsuz yargıdan kaçının. Eserlerinizi iyi niyetle değiş tokuş edin. Hepsi bu kadar!

4

Sana bakıyor ve bana baktığını görüyorum...

Partnerimizin bize karşı hareketlerini yorumlarken, bizim hakkımızda ne düşündüğüne inanıyorsak onu temel alırız. Bu noktada ortaya çıkan sorunlardan biri de zihninden geçenlerin kapalı kapılar ardında olmasıdır –bu, bizim zihnimiz için de geçerlidir. Onun ne düşündüğünü bilmemiz imkansızdır ve bu ıssız bölgeye doğrudan bir ulaşım yolu yoktur! Yani "onun bizi nasıl gördüğünü görme" biçimimiz aslında kendi zihnimizde inşa ettiklerimizden, tahminlerimizden veya hezeyandan kaynaklanıyor olabilir. Bu algılar, hatalı olsalar bile, eşler arasındaki iletişimin doğasını ve ilişkinin havasını açıkça etkileyebilir. Bir durum saptaması yapmak için, kafanızın sakin olduğu bir anda, kendinize aşağıdaki soruları sorun:

- Onun sizi nasıl gördüğünü düşünüyorsunuz?
- Böyle düşünürken neyi temel alıyorsunuz?
- Bunu doğrulamak için iyi nedenleriniz var mı?
- Analiziniz zamana ve gerçeğe karşı dayanıklı mı?

Kendi zihinsel tasarımlarınız doğrultusunda, partnerinizin size ilişkin başlıca üç olumsuz görüşüyle üç olumlu görüşünü düşünün. Bunları yazıya dökün. Bu yanıtları dostlarınızın sizin hakkınızda tüm samimiyetleriyle verecekleri yanıtlarla karşılaştırın. Bu size ne hissettiriyor?

5

Buluşma sahnesi

Birbirinize aşkınızı itiraf ettiğiniz anı hatırlıyor musunuz? Rahat olacağınız bir saatte bu soru üzerinde düşünebilir misiniz? Bu işi önce ayrı ayrı yapın.

Olay nerede ve ne zaman gerçekleşmişti? Dekorun kimi belirgin detaylarını anımsıyor musunuz? Zihninizi biraz zorlayın... Hava o gün nasıldı? Mevsimlerden hangisiydi? Her ikiniz de nasıl giyinmiştiniz? Özellikle anımsadığınız bir müzik, bir ses, bir koku var mıydı? İlk adımı kim attı? Ne tür hareketler yaptınız? Neler hissettiniz? Duygularınızı nasıl gösterdiniz? Daha sonra neler oldu?

Hayatınızın o anı üzerinde konuşmaya başlamadan önce bu sorulara verdiğiniz yanıtları bir kağıda not edin. Anımsadıklarınız birbirinden farklıysa veya buluşma anınızı çelişkili anlatımlarla tarif ediyorsa endişelenmeyin. Zihnimiz geçmişi özgün bir biçimde elemeye tâbi tutar ve yeniden inşa eder. Yani farklar olması mümkün, hatta muhtemeldir. Gücenecek bir şey yok: İkiniz de diğerinden daha haklı değilsiniz!

Peki buluşma anınızı yeniden canlandırmayı becerebilir misiniz?

Evet mi? Öyleyse harekete geçmek ve yaşamınızın yoğun duygulara kapıldığınız bu dönemini tekrar yaşamak için zaman kaybetmeyin. Randevunuzun yerini, tarihini ve saatini büyük bir özenle seçin ve buluşmanız için iki dirhem bir çekirdek olun. Endişeli ve ürkek misiniz? Kaygılanmayın, bu alıştırmanın hiçbir tehlikesi yok. Yalnızca azıcık gözü peklik gerektiriyor. Haydi ama, o kadar da cesaretiniz vardır!

Bu mizansende duygularınız doğal olarak hatırladıklarınızdan biraz farklı olacaktır. Bunun bir önemi yok. Bu oyunun amacı arzunuzu tazelemek ve "ilk sefer"lerinizin sayısını artırma olasılığını tecrübe etmenizi sağlamak.

6

Benzetme/ Betimleme oyunu

Çocukların severek oynadığı bu benzetme/betimleme oyununu hiç kuşkusuz biliyorsunuzdur. Bu oyunda yapılacak olan, aşağıdaki cümlelerin her birini ilişkinizi en iyi betimlediğine inandığınız isimle tamamlamaktır.

Bu alıştırmayı ayrı ayrı yapın. Eğer isterseniz daha sonra, sizi şu veya bu yanıtı vermeye iten nedenleri de düşünerek, yaptığınız seçimleri partnerinizle tartışmayı ve tepkilerinizi paylaşmayı seçebilirsiniz.

- Eğer ilişkiniz bir meslek olsaydı, ... olurdu.
- Eğer ilişkiniz bir konut olsaydı, ... olurdu.
- Eğer ilişkiniz bir müzik enstrümanı olsaydı, ... olurdu.
- Eğer ilişkiniz bir alet olsaydı, ... olurdu.
- Eğer ilişkiniz bir ağaç olsaydı, ... olurdu.
- Eğer ilişkiniz bir çiçek olsaydı, ... olurdu.
- Eğer ilişkiniz bir hayvan olsaydı, ... olurdu.
- Eğer ilişkiniz bir renk olsaydı, ... olurdu.

- Eğer ilişkiniz vücudun bir parçası olsaydı, ... olurdu.
- Eğer ilişkiniz bir taşıt olsaydı, ... olurdu.

Sembolik ifade diyaloğun tatlılık ve işbirliği ile yürütülmesine büyük bir destek sağlar. Aklınıza takılan bir konuyu imgeler, eğretilemeler veya metaforlar aracılığıyla ele alırsanız, konuşmaktan kaçıyormuşsunuz gibi hissetmezsiniz. Öte yandan bir soruna açık sözlülüğü veya o konuda duyulan hassasiyeti bahane ederek hoyratça yaklaşmak çoğu zaman umulanın tam tersi tepkilere neden olur.

Bu alıştırma sırasında eğer beş defadan fazla partnerinizle aynı benzetmeyi yaptıysanız, bu, ilişkinize bakışınızın ve birlikteliğinizi algılama biçiminizin birbirine çok yakın olduğunu gösterir. Ama elde ettiğiniz sonuç beşten azsa sakın endişelenmeyin. Demek ki bakış açılarınız farklılık gösteriyor. Sorun bunun neresinde?

7

Papatyanın yaprakları

Bu alıştırmayı ayrı ayrı yapın.

Boş bir kağıdın ortasına yaklaşık beş santim çapında bir daire çizin. Bu "papatyanın sarı kısmı" ilişkinizi temsil ediyor. Şimdi, bu dairenin çevresine, altta sıralanan ve ilişkinizle ilgili olan öğelerin size göre taşıdığı önemle orantılı boyda taçyapraklar yerleştireceksiniz. Aşağıdakileri sembolize eden yarım daireler çizin:

- Mesleki çevreniz.
- Arkadaşlarınız.
- Aileniz (çocuklarınız ve siz).
- Ebeveyniniz.
- Mesleki çevreniz dışındaki sosyal ilişkileriniz (söz konusu grup sayısı kadar taçyaprak çizebilirsiniz).

Papatyanızın yanına bir de açıklayıcı not ilave edin ve çiziminizi partnerinizinkiyle yan yana koyun. Benziyorlar mı?

Taçyapraklar çok sayıda, uyumlu veya orantısız mı? Bu durum ikinize de neler hissettiriyor?

İşte şimdi elinizde birlikteliğinizin dış dünyayla olan ilişkisi ve bundan kaynaklanabilecek olası uyuşmazlıklar üzerine diyalog başlatmak için değerli bir araç var.

8
Sevmek fiilinin çekimi

Yazar Jean Cocteau şöyle demiş: "Sevmek fiili çekimi en zor olan fiillerden biridir: Geçmişi hiç de basit değildir, şimdiki zamanda ancak haber kipinde çekilebilir ve gelecek zamanı daima şart kipindedir." Bu aforizma size ne düşündürüyor?

İkiniz, beraber, bu fiilin geçmiş zamanda çekimini nasıl yaptınız ve, her ikinizin de, karşılanmayan ihtiyaçları nelerdi? Bu fiili bugün nasıl çekiyorsunuz? İlişkinizde bir şeyleri değiştirdiğinizi düşünüyor musunuz? Birlikteliğinizi yarın, gelecek yıl, bir yıl sonra, beş yıl sonra, on yıl sonra nerede görüyorsunuz ve partnerinizin hangi tutumları benimsemesini arzu ediyorsunuz? Ona değişim taleplerinizi söylemek ve onun da sizin için aynı şeyi yapmasını kabullenmek istiyor musunuz? Gerçekten önem verdiğiniz ve beraber gerçekleştirmek istediğiniz projeler neler?

Bu bilançoyu sakin kafayla hazırlamak için olumlu anlatım biçimleri kullanın. Yani yapıcıdan çok yıkıcı olan olumsuz ifadelerden mümkün olduğunca kaçının. Arzularınızı öğrenmek partnerinizin hoşuna gidecektir. Buna karşılık, tatminsizliklerinizin dökümü onu öfkelendirebilir veya soğuk davranmaya itebilir. Uygun bir an kollayın, örneğin baş başa bir yemek veya ormanda bir gezinti. Genel olarak, diyalog aceleye geldiğinde ayaküstü sohbeti tercih etmemek veya ortam gerginleştiğinde konuşmayı sürdürmemek daha iyidir. Böyle durumlarda her iki taraf da konumunu korur, fikrini değiştirmez ve hayali gerçekler için tartışmaya başlanır.

9
Ne arzu edersiniz?

İkiniz de, ayrı ayrı, bir kağıda ilişkiniz için arzuladığınız yedi dileği yazın. Bunları önem sırasına koyun. Mürekkepli kalemle ve özenle yazın. Şimdiki zamanı kullanın ve olumlu ifadeleri tercih edin. "-meli, -malı, yapmalıyım, yapamam" gibi anlatımlardan, tümel niceleyicilerden (asla, daima, her) ve yargılardan (bu iyidir, bu kötüdür, bu normal değildir) kaçının. Örneğin "Aramızdaki bu mesafeye artık dayanamıyorum" yerine "Sana daha yakın olmak istiyorum" ya da "Kendime hakim olabilmem için beni çileden çıkarmaya bir son vermelisin" yerine "Öfkemi kontrol altına almak için elimden geleni yapacağım" yazın.

Bu işi bitirdikten sonra, partnerinize de size de yabancı olan bir mekanda yaklaşık bir saatlik bir randevu ayarlayın. Burası örneğin bir ağaçlık, bir park olabilir. Ardından bir sonraki sayfada anlatılan oyuna geçin.

10
Değişim yolları

Şimdi kişisel analizlerinizi ve arzularınızı temel alarak ilişkiniz için yararlı olacağını düşündüğünüz değişim yollarını tartışacaksınız. İyi bir müzakere birbiriyle çelişen düşüncelerden yola çıkarak ve ilişkiyi ihtiyaçların karşılıklı tatminine doğru yönlendirerek bir uzlaşmaya varmayı amaçlar. Buna kazan-kazan stratejisi denir. Dolayısıyla her ikinizi de tatmin eden seçimler yapın. Partnerinize onu manipüle etmeden yol gösterin. Eğer zorlanıyorsa, ona duygularını ihtiyaçlarıyla ilişkilendirme ve beklentilerini ifade etme konusunda yardımcı olun.

Üzerinde anlaşmaya vardığınız dileklerin bir listesini çıkarın. Ulaşılması imkansız olan hedefler belirlemeyin. Ortak iki veya üç arzu bile iyi bir iş çıkarmışsınız ve kendinizi kutlayabilirsiniz demektir, zira bu, daha güzel bir yaşam için ittifak kurduğunuz anlamına gelir.

Her ikiniz de kaliteli bir kağıda en güzel yazınızla ortak kararlarınızı temize çekin. Bu belgeyi özenle katlayın ve partnerinize verin. İkiniz de bu yazıyı saklayacak ve günde üç defa –örneğin işyerinize vardığınızda, kahve molasında, ulaşım aracındayken veya yatmadan önce– dikkatle okuyacaksınız.

Kimileri aslında çok etkili olan bu uygulamayla dalga geçebilir. Ama bu tür tepkileri kesinlikle dikkate almıyor ve hedeflerimizi aynen koruyoruz: Önemli olan işe yarıyor olması!

GÜNDELİK YAŞAMI AYDINLATMAK

Gündelik yaşam aşkı öldürüyor mu? Bu soru herkesin ağzında, herkesin ruhunda tekrarlanıp duruyor. İlişkimizde hissediyor olabileceğimiz bıkkınlık ve yıpranma duygusuna dışarıdan açıklamalar bulma ihtiyacımızın bir ifadesidir aslında bu soru. Gündelik yaşam elbette hiçbir şeyi öldürmez! Gündelik yaşamın başımıza gelenlerde, yaşadıklarımızda hiçbir sorumluluğu yoktur. Ne yaparsak biz yaparız. Ve eğer zamana tüm gücüyle direnen bir tutkunun ve kaya gibi sağlam bir yakınlığın biraz da safça hayalini kuruyorsak, kendimizi yanılsamalarla oyalıyoruz demektir.

İlişkimiz tıpkı bir ev gibidir. Düzenli bir bakıma, zaman içindeki gelişimini gözlemleyebilmek için sürekli ilgiye ve çatlaklar belirdiğinde ciddi onarım çalışmalarına ihtiyacı vardır. Eğer inşaatın sağlamlığına fazlasıyla güvenip yapının yavaş yavaş bozulmasına aldırmaz ve buna göz yumarsak, günün birinde kendimizi bir harabe yığınının üzerinde otururken buluruz ve işte o zaman elimizden hüngür hüngür ağlamaktan başka bir şey gelmez.

Bu bölüm sıcak ritüeller yaratmamıza, benimsediğimiz rollerin üstümüze yapışıp kalmasını engellememize ve günlük hayatımızı zehirleyen anti-aşk virüslerini etkisiz hale getirmemize yardım edecek tutum ve davranışları ele alacak. İlişkinizde ve sevginizde işbirliğinizi korumak, bir ortaklık yaratmak/yeniden yaratmak için önerdiğimiz oyunlardan esinlenebilirsiniz.

11
Hoş ritüeller

İlişkilerde karşılaşılan zorluklar çoğu zaman gündelik hayatın yerleşmiş alışkanlıklarıyla veya tekdüzeliğiyle açıklanır. Ve "rutini kırmak" için türlü türlü tavsiyeler eksik olmaz. Bu tavsiyelerin bizi aldatmasına izin vermemeli ve gözümüzü açık tutmalıyız. Alışkanlıklardan kurtulmak bahanesiyle düzensizliğe ve hesapta olmayan gelişmelere sistematik bir şekilde ayrıcalık tanımak her zaman yararlı sonuçlar doğuran eylemler değildir. Partnerimizle paylaştığımız gündelik yaşam aslında özel hayatımıza kılavuzluk eden ve onu geçerli kılan kimi kural ve ritüelleşmiş davranışla doludur. Bunları elimizin tersiyle itmek zaman içinde olumsuz sonuçlar doğurabilir.

İlişkinizin belirleyici özelliklerini oluşturan bu küçük ritüeller nelerdir?

İkiniz de, ayrı ayrı, bunların bir dökümünü yazılı olarak çıkarabilir misiniz?

Şimdi, iki listeyi karşılaştırın ve diyaloğu başlatın: Bu ritüeller içinde hoşunuza giden ve ne pahasına olursa olsun sürdürmek istedikleriniz hangileri?

Peki hangileri sizi rahatsız ediyor?

Her ikiniz de yeni ritüeller oluşturmayı arzu ediyor musunuz?

Bir uzlaşmaya varın ve ortak seçimlerinizi bir kağıda not edin. Mukaveleniz hazır! Şimdi tercih ettiğiniz ritüeli seçin ve uygulamaya başlayın!

12

Anti-aşk virüsleri

İşte potansiyel anti-aşk virüslerinin bir listesi. Siz de ilişkinizi ya da ebeveyninizin veya arkadaşlarınızın ilişkilerini bozan diğer virüs ve parazitleri buraya ekleyin. Bu listeyi beraber hazırlayın.

- Neredeyse bir ritüel haline gelmiş, televizyon izlenen geceler.
- İnternet'te gezmek,
- Ev dışında verilmiş sözler.
- Mesleki stres.
- Yorgunluk.
- Zamansızlık.
- "Vampir" çocuklar.
- Tutkuyla sarıldığınız şeyler, zamanınızdan çalan sportif veya kültürel faaliyetler.
- Giyiminize veya fiziğinize özen göstermemeniz.
- Küçük kabalıklar.
- Önemli tarihlerin unutulması.
- Doğal ihtiyaçların mahremiyet gözetilmeden giderilmesi.

- Ortak projelerin olmaması.
- Kişisel sitemler.
- Suçluluk.
- Ardı arkası kesilmeyen şikayetler.
- Suskunluk.
- Diyalog eksikliği.
- Ötekini sıkma veya hayal kırıklığına uğratma korkusu.

İkinizi de ilgilendirmeyen virüslerin üzerini çizin. Sizi özellikle endişelendiren beş virüsün altını renkli keçe kalemlerle çizin. Her ikiniz için de farklı bir renk seçin. İkinizi de rahatsız eden maddelerle ilgili acil önlemler alın. Diğerleriyle ilgili çözümler arayın. Örneğin "biraz daha fazla, biraz daha az" yöntemini benimseyebilirsiniz: Biraz daha az tembellik, biraz daha fazla şefkat; akşamları biraz daha az geç kalma, baş başa biraz daha fazla zaman.

13
Zaman sorunu

Beraber geçirdiğiniz zaman belki çok fazla belki de yeterli değil, ama bu zamanın ne kadarında her ikiniz de ihtiyaçlarınıza dikkat ediyorsunuz? Bazı emekliler veya bir süreliğine çalışmaya ara vermiş kişiler günlerinin büyük bir kısmını partnerleriyle yan yana geçiriyorlar. Ama ilişkilerine çok vakit ayırdıkları pek söylenemez. Kimileri de sürekli bir koşuşturmaca içindedir. Dakikaları sayılıdır... Çocuklarla ilgilenmek, sosyal ve mesleki uğraşlar, eğlence derken çoğu kimse ilişkilerine en ufak bir yörünge belirlemeden onu kendi haline bırakır.

Zamanla aramızda genellikle zorlayıcı bir ilişki vardır. Ama insani değerler doğrudan verimlilik, hemen ulaşılan başarı, hız ve çabukluk gibi ince ölçütlerle değerlendirildikçe bunun daha farklı olması mümkün mü? Bu konuda ne düşünüyorsunuz?

Peki ya siz? Siz ilişkinize ne kadar zaman harcadığınızı hissediyorsunuz? Olması gerekenden az mı, yeterince mi yoksa gereğinden fazla mı?

Bu noktayı partnerinizle tartışın ve aşağıdaki alıştırmayı hayata geçirin: Ortaklaşa vereceğiniz bir kararla haftanın bir gününü seçin. Örneğin bir ay boyunca her Perşembe, zamanınızın bir saniyesini bile ilişkinize ya da partnerinize ayırmamak için elinizden gelen tüm çabayı sarf edin.

Ne hissediyorsunuz?

Arzu ettiğimiz şeyin tam tersini yapmaya dayanan bu aykırı öğüt bir ilişkide zamanın ne kadar önemli olduğunu fark etmenize ve aşka ayırdığınız zamanı ustalıkla kullanmanıza imkan tanıyacaktır.

14
Ben senim

Hepimiz, çoğu zaman, ilişkilerimizde iyice belirlenmiş roller üstleniriz. Tutumlarımızdan bazılarını özgürce kendimiz seçerken diğerleri bize koşullar tarafından zorla kabul ettirilir. Bunun dışında, partnerimiz bizden kimi anlarda şu veya bu tutumu benimsememizi bekler, çünkü söz konusu bu tutum paylaşmamız gerektiği kabul edilen bir modeller, ilke ve kurallar bütününe karşılık gelmektedir. Aşağıdaki listede, zamanın büyük bölümünde kimin hangi işi yaptığını bize söyleyebilir misiniz?

- Çöpleri çıkarmak.
- Ev temizliği yapmak.
- Dolap yerleştirmek veya ampul değiştirmek.
- Yemek hazırlamak.
- Çamaşır yıkamak.
- Çocuklarla ilgilenmek.
- Eğlence amaçlı faaliyetleri seçmek.
- Uzun yolda araba kullanmak.
- Arkadaşları davet etmek.
- Bütçeyi idare etmek.

- Sevişmeye karar vermek.
- Bir tartışmadan sonra ilk adımı atmak.

Size şu deneyimi öneriyoruz: Bir hafta boyunca yukarıdaki listede yer alan kimi maddeler için rolleri değişin. Hedefleyeceğiniz maddeleri beraber seçin. Şiddetli sabırsızlık ya da kızgınlık nöbetlerine kapılmadıkça, oyunun eğlenceli olduğunu ve ilişkinin köhneleşmesini engelleyebileceğini göreceksiniz.

Bu deneyim bize roller konusunda belli derecede bir esnekliği kabul etmenin gerçek istek ve özlemlerimizin farkına varmamızın yanı sıra karşımızdakinin gelişimini gözetmemizi de sağlar.

15
On olumlu mesaj

Olumlu mesajlar birbirimize yönelttiğimiz gönül okşayıcı davranışlardır: Tebessümler, çapkın bakışlar, güzel sözler, öpücükler, küçük ilgi gösterileri, şefkatli jestler. Karşımızdakini kabul ettiğimizi gösteren tüm sözel ve sözel olmayan işaretler, kendimizi geliştirmemizi ve ilişkimizin serpilmesini sağlayan tüm o küçük önemsiz şeyler olumlu mesajlardır.

Gün boyunca partnerinizle birbirinize karşılıklı gönderdiğiniz bu tür mesajların sayısını bilebilecek misiniz? Eğer bu konuda hiçbir fikriniz yoksa, yirmi dört saat boyunca bu tür bir mesaj kullandığınızda bir kağıda çizik atarak hesap tutun. Sonuç günde beş olumlu mesajdan daha mı az? Demek ki pek de dışadönük değilsiniz veya sevgi gösterilerine fazla ihtiyaç duymuyorsunuz. Eğer ilişkinizin bu şekilde seyretmesi ikiniz için de uygunsa, söyleyecek hiçbir şeyimiz yok. Buna karşılık, eğer sevgi belirtilerinin daha açık bir şekilde ortaya konmasından yanaysanız, şöyle bir oyun deneyebilirsiniz: Bir hafta boyunca, her gün, her ikiniz de birbirinize en az on olumlu mesaj yollamaya çalışın.

Bu önerinin uygulanması ne gibi etkilerin ortaya çıkmasına neden oldu? Biriniz kendini tuhaf hissetti mi?

Doğal olarak, hepimiz aynı şeye ihtiyaç duymayız. Bazı insanlar sevgilerini ifade etmek zorunda olma fikrinden rahatsızlık duyarken diğerleri kendilerine yöneltilen en ufak bir sevgi işaretinde kendilerini korumaya alırlar. Sevmek, kendini sevmek ve sevilmek davranışlarımızın rahatsız edici bir hal almasına izin vermeden bir uyum yakalayabilmek, almayı ve vermeyi bilmek demektir.

16

Sevgi tohumları

Sevgi tohumları ekmede oldukça başarı sağlayan bazı arkadaşlarımız var ve bunun çok yararını gördüklerini söylüyorlar. Şüphesiz siz de bundan faydalanabilirsiniz. Ancak ölçüyü kaçırmamaya özen gösterin: Azı karar çoğu zarar! Öte yandan, partneriniz sevgi tohumlarınızın gitgide artması karşısında hemen yorgunluk sinyalleri vermeye başlayabilir. Bununla birlikte, kendinizi küçümsemeyin de; bu işaretler sevginizi doğrulayan oldukça sevimli ritüellerdir ama etki alanları çok dardır ve sizi başka davranışlardan ve tutumlardan muaf kılmazlar.

Banyo aynasına rujla çizilmiş bir kalp veya buzdolabının kapağına iliştirilmiş aşk notları sevgi tohumlarına örnek teşkil ediyorsa da modaları biraz geçmiştir... Duşun yanında duran sabunu cinsel organ şeklinde biçimlendirmek veya partnerinizin işe giderken geçtiği yol üzerinde reklam panoları kiralamak da daha şimdiden özgünlük kaygısına işaret eden eylemlerdir. Ama size daha fazlasını söylemeyeceğiz. Hayal gücünüzü çalıştırın ve tohumlarınızı hazırlayın!

17
Şiirsel hayat

İlişkimiz toplumsal kabullenmenin, soyu sürdürme görevinin, gündelik yaşamı idame ettirmenin ve çocukluk yaralarının sarılmasının bayağı gerçekliğini aşamadığı takdirde büyülü bir boyuta ulaşmakta büyük zorluklarla karşılaşacaktır. Özgür, cesur, mutlu olmamızı ve yaşama güvenle bakmamızı sağlayan da bu boyuttur.

Şiirsel eylemler içimizdeki yaratıcı gücü uyandırarak kendimizi iyi ve bütün hissetmemizi sağlar. Peki şiiri günlük hayata nasıl katabiliriz? Elbette bu konuda herkesin kendi yanıtları vardır. Bununla birlikte kimi özellikler şiirsel eylemin ne olduğuna dair belirtici nitelikler ortaya koyar: Bu, güzel olduğunu düşündüğümüz, kendini bize kabul ettiren, bizi kişiliğimizden ve alışkanlıklarımızdan sıyrılmaya iten bir şeydir. Örneğin:

- Eskimo buz evinde bir gece geçirmek.
- Güneşin batışı karşısında beraber ağlamak.
- Üzüm mayalandırma fıçısının içine çırılçıplak girmek.
- Cam şişelerden bir ev inşa etmek.
- Kış ortasında üç günlüğüne deniz kenarında bir otele gitmek.

İşte kişisel yaratılarınız için size esin kaynağı olabilecek şiirsel nitelikte beş örnek.

Önemli olan ilk adımı atmaktır. Kısa vadede, projelerinizden birini gerçekleştireceğiniz bir tarihte karar kılın ve bunu takvim üzerinde kırmızı kalemle yuvarlak içine alın. Eğer projenizi gerçekleştiremezseniz kitabın sonunda yer alan İnternet adresinden bize bir elektronik mesaj atın. Size gerçekleştirebileceğiniz şiirsel bir sevgi kanıtı yollayacağımızdan emin olabilirsiniz!

18
Dansın büyüsü

Erotizm günlük hayatın bir parçasıdır. Bir yaşam sanatı, aşkta bir zarafettir. Ve ilişkilerde erotizmi korumanın bin bir yolu vardır. Baş başa yenen yemeklerden kaçamak bakışlara, giyim tarzından küçük hediyelere herkes kendine göre bir yol benimser ki öteki ona yaklaşmak istesin, onunla birlikte olmak hoşuna gitsin.

Son derece erotik olan ritüeller arasında, bizce, dansın büyüsünü aşabilecek çok az şey vardır. Bu rahatlatıcı ritüeli uygulamaya koymak için özel mekanlara gitmeye de gerek yoktur: Evde, bahçedeki kulübede, bir gölün ortasındaki sandalın üstünde, ormanda dans etmek mümkündür... İki kulaklıklı bir *walkman* hiç kimselerin gitmediği yerler için çok uygundur.

Dinleyeceğiniz müziği sırayla seçin ve partnerinizle fiziksel temasınızı asla kaybetmeden dans edin. Maceraya atılmak için mükemmel dansçılar olmanız gerekmiyor. Tangonun üzgün düşüncelerinin, valsin şeytanlıklarının, karlar arasında bir slovun tadına bakın. Bu anı başka hiçbir şey düşünmeden yaşayın. Yumuşak hareketlerle dans edin; yasaklarınızı ve engelleri bir kenara atın. Geri kalanını büyü halledecektir.

Sevdiğiniz kişiyle beraber geçirdiğiniz zamanın planlanmasında, haftada iki veya üç saati dansa ayırın. Hayatınızın değiştiğini göreceksiniz!

19
İzler

Her beraberlik kendine ait bir mahremiyeti olan, sınırlı ama özgün bir evrendir ve dış dünyayla ilişki kurma biçimi de kendine özgüdür. Zaman içinde bu evren nesnelerle, imgelerle, anlatılarla, sevinçlerle ve üzüntülerle zenginleşir.

Ivır zıvır biriktirme delisi değilseniz bile, aşk tarihinizde bir anlamı olan öğelerin koleksiyonuyla uğraşmak sizi eğlendirebilir: Fotoğraflar, mektuplar, otel faturaları, gösteri biletleri...

Bu nesneleri tarihlerini belirterek uygun bir yerde tutun. Bu basit bir bisküvi tenekesi veya ayakkabı kutusu olabilir. Sonradan kimi zaman gülerek, kimi zaman bir parça nostaljiyle, bazen de gözleriniz buğulanarak maceranızın izlerini anımsamaktan büyük zevk alacaksınız. Bizi alıp götüren şey duygularımızdır.

Yine de bu romantik uygulamanın sizi yolunuzun üstündeki her şeyi toplamaya iten bir telaşa düşürmesine izin vermeyin. Ayrıca, daha hafif yaşamak ve anılarınızı tazelemek için zaman zaman kutuyu boşaltmaya çalışın.

SÖYLENENİ DUYMAK

Çoğumuz, psikanalizden de esinlenerek, sözlere kurtarıcı gözüyle bakar ve onlara fazlasıyla büyük erdemler atfederiz. Ama sözler tüm sorunlarımızı halledemez ve ne kadar iyi niyetli olursak olalım, ardı ardına sıralanan bir dizi monolog asla bir diyalog olmayacaktır. Söylenenleri duymadıkça konuşmak faydasızdır.

Ayrıca, her şey kendimizden bahsetmek için bir bahaneye dönüştüğünde, kendimizi ifade etme, ortaya koyma ve varolduğumuzu kanıtlama ihtiyacı bizi –bırakın ötekini bulmayı, kendi kendimizi kaybettiğimiz– sözel bir labirente soktuğunda kelimeler son derece zehirli bir hal alır.

Birçok durumda, engellenmemiş sözcükler bizi yakınlaştırmak yerine birbirimizden uzaklaştırır. Sorunları çözmek yerine daha da karıştırır ve içinden çıkılmaz bir hale sokarlar.

Bir atasözü "Güzel sözler bir petek bal gibidir; damakta hoş bir tat bırakırken vücut için de faydalıdırlar" der. Oysa zamanımızın çoğunu genellikle istemediğimiz şeyleri ifade eden kelimeleri telaffuz etmekle geçiririz. Peki bu durumu nasıl engelleyebiliriz? Bu bölüm doğallığımızı yitirmeden dilimizi yumuşatmak, kelimelerle oynamak, birbirimizi kalpten dinlemek ve sözlerin yatıştırıcı özelliklerini kullanmak için bir takım basit uygulama ve araçlar öneriyor.

20
Laf, laf, laf

İkiniz de, ayrı ayrı, aşağıdaki sorular üzerinde düşünün ve ardından, ikiniz için de uygunsa, yanıtlarınızı paylaşın.

Sizce kelimeler ilişkinizde nasıl bir yer tutuyor?

- Önemsiz/hemen hemen hiç. Evinizde sinek vızıltısından başka bir ses duyulmaz.
- Normal/olması gerektiği gibi. Sohbetleriniz ölçülüdür.
- Aşırı/gereğinden fazla: İkiniz de gevezesiniz.

İlişkinizde kelimeler/sohbetler...

- pille
- elektrikle
- yüksek gerilimle

... çalışıyor.

İkinizden biri diğerinden daha fazla konuşma ihtiyacı duyuyor mu? Peki bu ihtiyacı genellikle tatmin ediliyor mu? Bu konuda diğerinizin tutumu ne oluyor?

Noktalama işaretleri olmayan bir metin düşünmek zordur. İlişkinizde sessizliğin payı nedir?

Kimi zaman partnerinizin sizi güzel sözleriyle oyaladığı veya kandırdığı hissine kapılıyor musunuz? Bu hisse en son ne zaman kapıldığınızı net bir şekilde hatırlıyor musunuz? Kendinizi nasıl hissetmiştiniz? Duygularınızı dile getirdiniz mi? Daha sonra ne oldu?

Ama dikkatli olun, zira söylenen sözler bir ilişkinin mahremiyetine temas ettiklerinden, bu alıştırma eski anlaşmazlıkları yeniden su yüzüne çıkararak bir geçimsizlik kaynağı haline gelebilir. Eğer diyaloğunuzun dönüp dolaşıp aynı yere geldiğini hissediyorsanız bir mola verin ve aranıza belirli bir mesafe koyarak beş dakika boyunca hiç konuşmadan birbirinizin gözlerinin içine bakın. İkiniz de kendinizi sert görünmeye zorlayarak ciddiyetinizi mümkün olduğunca uzun süre korumaya çalışın.

21

Her zaman fazla konuşuruz

Ağzı iyi laf yapan büyükannelerimizden birinin bir sözü vardı: "Ağzımızı bir açtık mı, her zaman fazla konuşuruz." Bu söz elbette biraz kaba kaçsa da, tamamen asılsız olmadığını kabul etmek gerekir.

Birbirimize her şeyi söylememiz gerekmez

İş hayatında karşılaşılan zorluklar, varoluşa dair hissedilen tedirginlikler, gündelik hayatın sıkıntıları... Sevgiliniz sizin en yakın sırdaşınız olsa bile, ona kanalizasyon muamelesi yapmaktansa sorunlarınızı üçüncü bir kişiyle (arkadaş, ebeveyn veya meslektaş) paylaşmanız bazen çok daha iyidir. Aşk sonu gelmeyen söylevlerle veya marazi sırlarla pek anlaşamaz.

Kelimeler bazen fazladır

Sevgi dolu veya mutluluğun yoğun yaşandığı dakikalarda duyguları kelimelerle ifade etmek veya yorum yapmak o anın büyüsünü bozabilecek tutumlardır. Kelimelerle her şeyi mahvetmek de mümkündür. Gelecek sefer konuşmadan önce içinizden ona kadar sayın!

Söyleyin bakalım... Yukarıda bahsedilen nedenlerin birinden dolayı sözlerinizden pişmanlık duyduğunuz oldu mu? Bu nerede ve ne zamandı? Şimdi olsa söylemek yerine susmayı tercih edeceğiniz şey neydi? Ortaya çıkan etkiler nelerdi? Partneriniz size herhangi bir eleştiride bulundu mu? Beraber bir durum saptaması yapın.

22

Sesinizi duyurmak için bağırmanıza gerek yok

Yeterince geniş bir odada veya açık bir mekanda, aranızda uzunca bir mesafe olacak şekilde durun. Birinizin alçak sesle söylediği bir cümleyi diğeriniz anlamaya çalışacak. Alıştırmayı daha da ilginç ve zor kılmak için müzik açmayı ya da insanların bulunduğu bir mekanda bulunmayı tercih edebilirsiniz. Mesajı çözmeye çalışan taraf, her tekrardan sonra, cümleyi çözemediğini belirtmek için bir işaret yapacak (bu işaret üzerinde önceden anlaşmaya varmış olun). Bunun üzerinde mesajı veren taraf değişik şeyler yaparak aktarımı iyileştirmeye çalışacak: Sesini hafifçe yükseltmek, el kol hareketleri yapmak, yavaş yavaş aradaki mesafeyi azaltmak gibi.

Topluluk içinde oynandığında –elbette etrafınızdaki insanları rahatsız etmemek koşuluyla– özellikle eğlenceli olan bu oyun pek çok düzlemde geçer: Ses, sezgi, dinleme, dudak okuma ve ilişkideki mesafeler.

Oyunu biraz daha renklendirmek için cinsel içerikli cümlelerle mesajınıza erotik bir boyut katabilirsiniz!

23
Seçilmiş sayfalar

Partnerlerin birbirlerine metinler okuması zevk veren ve şehvet uyandıran duyguların açığa çıkmasını sağlar. Sevgilimizin sıcak ve etkileyici sesi bizi baştan çıkarır. İster ışıkları söndürün ister parlak güneşin altında olun, teker teker tadını çıkardığınız kelimelerin ve kulağınıza çarpan yumuşak sesin büyüsüne kapılıp gidersiniz!

Bu uygulamayı düzenli olarak aşk ajandanıza kaydedebilirsiniz. Şiir, erotik edebiyat, tiyatro... Sayfalarınızı özenle seçin ve okumaya hazırlanın. Daha da şehvetli olan, metni ikinizin beraber, kelimeleri birbirinizin dudaklarından içerek okumanızdır. Bu konuda ilk adımınızı Ronsard'ın Cathérine de Médicis'nin nedimesi Hélène de Surgères'e olan tutkusunu onurlandırmak için kaleme aldığı şu soneyle atmaya ne dersiniz?

O günü düşünüyorum, çeşmenin yanında
Sarayın bahçesinde, hayran olmuştum tatlılığına,
Aşk kalbimin sırlarını sana açtı,
Ve ruhumda ne de çok acı vardı.

Zevkten kendimden geçiyorum,
Ve bana güç veren, düşüncelerimi keskinleştiren,
Bitkinliğimi defeden bu anının akıp gittiğini hissederken
Günün birinde acılarımın bir son bulacağını umuyorum.

İlkbaharının çiçeğine bakarken gözlerim,
Seni dinlerken kulağım,
Duyularım her yandan mutlulukla dolup taşıyordu.

Ve sohbetimizi bölen kimsecikler yoktu,
Gökyüzünde rahatça uçuyordum, kendimi bir tanrı sanıyordum,
Ama acı daima zevke eşlik ediyor.

Pierre de Ronsard, *Hélène için soneler*, 13. sone, 1578

24
Bir dil ve iki kulak

Stoacı filozof Epiktetos'a göre bir dilimizin ve iki kulağımızın olması konuştuğumuzdan iki kat fazla dinleyebilmemiz içinmiş. Bu görüş sizin hayatınızda nasıl bir yer tutuyor?

Önceden hazırlanmaksızın, beraber geçirdiğiniz bir günün ardından, örneğin hafta sonunda, aşağıda önerdiğimiz dökümü ayrı ayrı çıkarın. Bu, kısa süreli hafızanız için de mükemmel bir alıştırmadır.

Bu gün boyunca (yalnızca kendinizin) kaç konudan bahsettiğinizi söyleyebilir misiniz? Bu konuları hatırlamaya ve sayısını hesaplamaya çalışın.

Şimdi aynı şeyi partnerinizin ele aldığı konular için yapın.

Hangisi baskın çıktı? Dil mi, kulaklar mı?

Bu alıştırma dikkatimizi dinleme konusundaki muhtemel eksikliklerimize çeker. Çoğu zaman gerçekten dinlemeyiz. Dinlediğimizi sanırız ama aslında kendi düşünce ve kaygılarımıza, iç diyaloğumuza odaklanırız. Kimi zaman bu durum kendini temize çıkarır: İlişkiyi sürdürmek için söylenen küçük cümleler dikkatli bir dinlemeyi pek de gerekli kılmaz: "İyi uyudun mu?", "Hava bugün harika!" Ama diğer zamanlarda karşımızdakine kulak vermememiz partnerimizin incinmesine ya da onu dikkate almıyormuşuz hissine kapılmasına neden olabilir. Bu uygulama sistematikleştiğinde, söylediklerinin dinlenmediğini düşünen kişi için yıkıcı bir hal alır.

Bunu aklınıza iyice kazıyın: Onu yürekten dinlemek aşkın zarafetidir.

25
Konuşmayı öğrenmek

Marek Halter "Sözün bittiği yerde şiddet başlar" der. Peki ama hangi sözden bahsediyoruz? Kelimeler ve nasıl yorumlandıkları da bazen ilişkimizde şiddet tohumları barındırmıyor mu? Aşağıdaki listede size yabancı gelmeyen her tutum veya davranış için kendinize bir puan verin.

- Partnerinize sistematik olarak ne yapması gerektiğini söylüyorsunuz, size fikrinizi sormadığında bile.
- Tutumunu analiz ediyor, yaptığı her şeyi değerlendiriyor ve onu topluluk içinde mümkün oldukça eleştiriyorsunuz.
- İstediğinizi elde etmek için duygusal şantaja başvuruyorsunuz.
- Bütün sıkıntılarınız için partnerinizi suçluyorsunuz.
- Karşınızdakinden sizi bağışlamasını rica etmiyorsunuz. Asla özür dilemiyorsunuz: İlk adımı onun atmasını bekliyorsunuz.
- Doğru sözü söylemiş olduğunuzdan emin olmak için şahsi deneyimlerinizi genelleştiriyorsunuz.
- Partnerinizin yaptığı ya da söylediği her şeyden yalnızca işinize gelenleri seçiyorsunuz.

- Partnerinizin tutum ve davranışlarını asla geri adım atmadan yorumluyorsunuz.
- Söylediklerine ilgi göstermiyorsunuz/dikkat etmiyorsunuz.
- Son sözü söylemeden pes etmiyorsunuz. Sizce zayıflığınızı göstermek yapılabilecek en büyük hatadır.

Eğer puanınız üçten fazlaysa, bu tutumların ilişkiniz içindeki iletişim ve partnerinizin ruh sağlığı üzerinde felaket sonuçlar doğurabileceğini sakın unutmayın. Belki de bir değişimin zamanı çoktan gelmiştir. Ne dersiniz?

26
Dinlemek

Partnerinize anlatacağınız bir öyküyü süslemek için Resos mitinin örgüsünü kullanın. Daha sonra ondan kısaca efsaneyi tekrarlamasını isteyin. Bakalım sizi iyi dinlemiş mi?

Resos, kökü topraktan sökülmüş bir meşe görür. Ağacı düzeltmek için tüm gücünü kullanır. Bu kahramanca jest sayesinde ölümden dönen güzel bir orman perisi ondan bir dilekte bulunmasını ister ve bu dileğini seve seve gerçekleştireceğini söyler. Kendine fazlasıyla güvenen Resos perinin aşkını ister. Sözüne sadık olan peri aşkını vermeyi kabul eder ama Resos dikkatli davranmalıdır, zira peri arzularını bildirmek için ulak olarak bir arı yollayacaktır.

Resos arkadaşlarıyla beraber içmeye gider ve bu arı meselesini tamamen unutur. Ve arı gelip de kulağının dibinde vızıldamaya başlayınca onu kızgınlıkla kovar. Peri Resos'un kendini dinlememesinden dolayı hayal kırıklığına uğramıştır ve onu büyüsüyle kör eder.

Partneriniz efsanenin tümünü ya da birazını unutmuş mu? Ona biraz ipucu verin.

Dinlemeye dayalı bu yaratıcı oyun için başka tip dokümanlar da kullanabilirsiniz: Gazete makaleleri, roman özetleri ya da tarihi metinler. Daha başarılı bir dinleyici olmak için kendinizi geliştirebileceğiniz yollar arayın. Örneğin öyküyü zihninizde canlandırın. Ve sevgilinizin sesinin içinize işlemesine izin verin.

27
Öyküler uydurmak

Her ikiniz de, ayrı ayrı, bir kağıt parçasına beşer kelime yazın. Bu kelimelerin arasında doğrudan bir bağ olabileceği gibi hiçbir ilişki de olmayabilir. Ayrıca, bu kelimeleri partnerinizin kendisini ifade etmesini istediğiniz bir konu çerçevesinde de seçebilirsiniz. Yine de bu sonuncusu yalnızca bir öneri niteliğindedir; hiçbir koşulda bir zorunluluk haline gelmemelidir.

Sırayla, bu beş kelimeden yola çıkarak doğaçlama şekilde bir düşünce ya da bir öykü oluşturacak ve bu kelimeleri birkaç dakikalık bir söylevin içinde kullanacaksınız. Anlatımınızın bir başı, bir ortası ve bir sonu olmalı. Oyuna başlamadan önce partnerinizle bir konuda anlaşmaya varın: Kelimeleri ya yazılış sıralarına göre kullanın ya da konuşmacıyı kullanacağı kelimelerin sıralamasında özgür bırakın. Pazarlık konusu olmayan tek kural, beş kelimenin hepsinin de doğaçlama esnasında kullanılacak olmasıdır.

Şu kelimelerle bir ısınma turu yapabilirsiniz:

YELE - FAYTON - GÜLÜNÇ - BOKSÖR - KARİDES

Dinleyen tarafın müdahale etme, soru sorma ya da konuşmacının aklını karıştırma ve şaşırtma hakkı üzerinde de anlaşmaya varabilirsiniz.

Bu oyunun eğlenceli ve demokratik olmak üzere iki boyutu vardır. Eğlencelidir, çünkü hayal güçlerimizi birleştirmemize ve hikayeler anlatmamıza izin verir. Bu da eğlenceli değilse nedir?! Demokratiktir, çünkü karşımızdakinin kendisini anahtar kelimeler etrafında ifade etmesine izin vererek ona bir düşünce çerçevesi sunarken bir taraftan da bu çerçeveden çıkma fırsatını tanırız.

Sözü ele geçirme kaygınızdan kurtulun ve bu oyunu şiirden, aşktan, duygulardan, şefkatten, sevgiden ve projelerden konuşmak için kullanın... Tam size göre!

28
Depodaki sevgi sözcükleri

Partnerinize söyleyebilmeyi dilediğiniz sevgi sözcüklerini telaffuz etmekte zorlanıyor musunuz? Kem küm etmekten, gülünç görünmekten korkuyor musunuz? Hiç endişelenmeyin, böyle hisseden bir tek siz değilsiniz. Kültürümüzde sevgi açıklanmaz, kanıtlanır. Eğer dile getiriliyorsa, yalan söyleniyor demektir. Eğer susuluyorsa, reklam edildiği takdirde doğacak kayıpları önlemek içindir. Bu işler böyledir işte! Sevdiğini söylemek en iyi açıdan bakıldığında biraz saf ve çocuksu bir tutumla, en kötüsü sağlıksız bir saplantı ile bağdaştırılır. Halbuki o güzel sözleri söylemek ne kadar da hoştur...

Eğer sevginizi yüksek sesle söyleyemeyeceğinizi düşünüyorsanız sesli mesajlar, telesekreterler, İnternet'teki sesli dosyalar veya partnerinizin arabasındaki disk çalarda unutacağınız kompakt diskler gibi sihirli araç gereçlere başvurabilirsiniz.

Mesajınızı yazılı olarak özenle kaleme alın ya da kumandayı hayal gücünüze bırakın. Şiirden veya edebiyattan istediğinizi ödünç alabilir, beğendiğiniz metinlerden seçme parçalar okuyabilirsiniz. Yanıtların sizde saklı olduğu bulmacalar da aynı şekilde uyarıcı etkiye sahiptir.

Ama bir şeyi unutmayın: Sesiniz de en az kullandığınız kelimeler kadar konuşur. Partnerinizde arzu uyandırmak için ses tonunuzda sıcak değişiklikler yapabilir ve cümlelerin müzikalitesini öne çıkarabilirsiniz. Dağarınızdaki mesajları dinlerken kendinden geçebileceğini biliyor musunuz?

GİZLİ MÜREKKEPLE YAZMAK

Sözel, doğrudan iletişimin ve yazının ne güttükleri mantık ne niyetleri ne de etkileri aynıdır. Sözler temas anına, o anki karşılıklı iletişime aittir; yazı ise uzaklığa, ayrılığa ve sonraya. Aşk sırasında sürekli mektuplarla iletişim kurmak nasıl zorsa, aynı şekilde, ayrılma durumunda –tabii bu sadece bir varsayım– hangi mobilyayı kimin alacağı konusunu da sözlü şekilde halletmek bir o kadar güçtür.

Yazmak geriye doğru bir adım atarak durumu değerlendirmeye, ilişkiye uzaktan bakmaya ve kişinin kendisine ya da partnerine sağlam temellere dayanan taahhütlerde bulunmasına imkan tanır.

Başka bir açıdan bakıldığında, yazmanın romantik boyutu, birbirlerinden uzak olan ve hem mesafeleri yok etmek hem de ilişkilerine biraz "can" katmak için birbirlerine ateşli mektuplar gönderen sevgililerin imdadına yetişir. Ama aynı zamanda etkili bir erotik gücü vardır ve sunulacak sevgi nesneleri yaratmayı sağlar. Görünmez mürekkep, ötekini düşündüğümüz o ana aittir ve elimizin dansıyla gizlice yazılır.

Size basit, ama küçük çaplı etkilerini görmekte gecikmeyeceğiniz yazı oyunları öneren bu bölüm, birbirinizi şaşırtmak için eğlenceli ve heyecan verici mesajlar icat etmenize yardımcı olacak.

29
Yazışmalar

Sevecen itiraflar, ateşli ilan-ı aşklar, arzu ifadeleri veya gizli mektuplar... İlişki iki kişilik yaşamın ve fiziksel yakınlaşmanın rutinine iyice yerleştikçe aşk yazışmaları asil mektuplarını yitirmeye başlar. Halbuki büründüğü biçim ve iletim biçimi nasıl olursa olsun, aşk mektubu gündelik yaşama bir parça romantizm ve erotik mesafe katmaya yarayan çok önemli bir uyarıcıdır.

Partnerinize en son ne zaman bir aşk mektubu veya aşk notu verdiniz?

Yazılanların içeriğini hatırlıyor musunuz?

Birbirinizden coğrafi olarak ayrı kaldığınız zamanlar ve birbirinize özenli bir el yazısıyla hoş kokulu aşk mektupları yolladığınız oluyor mu?

Aşk mektuplarınızda daha çok nelerden bahsediyorsunuz?

Size mektuplar veya küçük notlar yollanmasından hoşlanıyor musunuz?

Yazılı iletişim (aşk mektupları, elektronik posta veya diğer mesajlar, vb.) sevgi ritüelleriniz arasında ne kadar yer tutuyor?

Partnerinizle birlikte, sevgi yazışmalarını veya erotik mektupları hayatınıza sokmak istiyor musunuz?

Hangi biçimde ve nasıl faydalar sağlayacağını umarak?

Bu konuyu beraber ele alın, kesinlikle acele etmeyin ve sevgi yazışmalarının mutluluklarını keşfedin!

30
Gizli sözcükler

Görünüşte sıradan olan bu notlardaki gizli mesajları bulabilecek misiniz?

1. Arabayı ben aldım... Şehir merkezinde birkaç işim var. Kitapçıya da uğramayı düşünüyorum. Israrla istediğin o kitabı alacağım: Merak etme yazarını unutmadım! Saat altı gibi evdeyim. Islak saçla dışarı çıkma sakın, olur mu canım? Nesloş
2. Seni beklemeden çıkmak zorunda kaldım, kusura bakma. Çok yoğunuz bu aralar, başımı kaşıyacak vaktim yok. İstiyorum ki şöyle bir hafta sonu deniz kenarında bir yerlere kaçalım, ne güzel kafamızı dinleriz. Ofise gelen evrakın haddi hesabı yok. Gel tatil gel!! Can

Tebrikler! Peki neden siz de yazışmalarınızı bir sevgi sözcükleri hazinesine dönüştürmeyesiniz?

Çözümler:
Birinci mesaj: Yalnızca büyük harfleri göz önünde bulundurun ve onları metindeki sıralarına göre birbirine ekleyin: A-Ş-K-I-M-S-I-N = AŞKIMSIN.
İkinci mesaj: Her cümlenin yalnız ilk kelimesini göz önünde bulundurun. Metindeki sıralarına göre birbirine ekleyin:
Seni-çok-istiyorum-ofise-gel = Seni çok istiyorum. Ofise gel.

31
Görünmez mürekkep

Eğer size görünmez mürekkep yapmanız için sihirli formüller sunmazsak, bu bölümün başlığının hakkını vermemiş oluruz. Rivayet odur ki Cleopatra bu kurnazlığı politik yazışmalarını aşk sözcükleriyle astarlamak için kullanırmış. Neden siz de bu şekilde gizlice iletişim kurarak eğlenmeyesiniz? Partnerinizden başka kimse yazdıklarınızı okuyamayacağı için en müstehcen sözcükleri kullanmaya cesaret edebilirsiniz. Veya çift yönlü bir mesaj kaleme alabilirsiniz: Bunlardan biri görünür, diğeri de keşfedilmek üzere görünmez olur... Birincinin satır aralarında!

Sanat malzemeleri satan bir dükkanın grafik sanatlar bölümünden çelik mürekkep kalemi ucu alın ve parlak olmayan bir kağıt kullanın. Kağıdınızın yeterince kalın olmasına ama mürekkep lekelerine meydan vermemek için fazla gözenekli olmamasına dikkat edin.

Çiçekli mürekkep

Bir havanda hemen hemen eşit miktarlarda menekşe, papatya ve nilüfer dövdükten sonra bunları bir tülbendin içine koyun. Ezilmiş çiçeklere tülbendin üzerinden limon suyu dökün. Sıktığınızda çıkan suyu mesajınızı yazmak için kullanın. Bu parfümlü mürekkep yüksek ısıda kendini gösterir. Okumak için bir mumun alevinden faydalanın. Böylesi çok daha romantik!

Kimyasal mürekkep

Yarım bardak tatlı suda kobalt tuzunu eritin ve elde ettiğiniz çözeltiyi kullanın. Mürekkep ısıda görünecek ve kağıt soğumaya başlar başlamaz kaybolacaktır. İlginç, değil mi?

Sihirbazlar gizli yazışmalar için soğan suyu kullanılmasını öğütlerler. Ama kimileri soğan kokusunun aşk sözcükleriyle bağdaşmadığını düşündüğünden bunu önermiyoruz.

32
Şiir

Herhangi bir vesileyle partnerinize bir aşk şiiri yazmak istiyor ama bunu nasıl yapacağınızı bilmiyorsunuz. İlham perisi yakınınızdan bile geçmiyor. Kağıdınız önünüzde boş boş öylece duruyor, kaleminiz dişleriniz arasında, daha şimdiden başka bir çözüm yolu düşünmeye başlıyorsunuz. Paniğe kapılmayın! İşte sizi tatmin edecek bir başlangıç tertibatı:

Beğendiğiniz bir şiiri ya da aşk şarkısının metnini alın ve her dizenin yalnızca ilk ve son kelimelerini tutun. Şimdi kendi şiirinizi oluşturmak için özgürleştirici bir engelle karşı karşıyasınız, zira her satırdaki "boşlukları doldurmak" zorunda kalacaksınız. Ve bunun için kimse sizi taklitçilik veya hırsızlıkla suçlayamaz!

Renée Vivien'in (1877-1909) sizin için ön hazırlığını yaptığımız şu şiiriyle bir denemede bulunabilirsiniz.

Superisi

Gülüşün............... derin
Soğuk................... öyle ki
Gözlerin................ dalga
Ve zambaklar......... alnında

Vücudun .... akıcı
Ve saçların .... ağlar
Sesin .... vefasız
Yumuşak .... sazlıklar

Uzun .... kucaklayış
Sarıyor .... ustaca
Aslında .... sönük
Gece gibi .... baygınlık

33
Haiku

Haiku mini minnacık bir Japon şiiridir. Gücü ve saflığı da muhtemelen bu özelliğinden kaynaklanmaktadır. Klasik biçiminde, dağılımı beş yedi beş ölçüsünde olan on yedi hecelik üç dizeden oluşur. Ama daha serbest ölçülü biçimleri de mevcuttur.

Uyulması gereken diğer kurallar –imgeler ağırlaştırdığından– eğretileme kullanılmaması ve doğaya ya da mevsimlere gönderme yapma zorunluluğudur; özleştirmeciler* buna *kigo* adını verirler.

Eğer fikir ilginizi çektiyse, hem gönlünüzü hem de evinizi şenlendirmek için aşk haikuları yaratımı işine beraberce atılabilirsiniz. Şiirlerinizi isterseniz arada bir açıp okumaktan zevk alacağınız küçük bir not defterine kaydedin ya da duvara asın.

İşte bizim eserimiz olan iki haiku:

---

* Özleştirmeci: Dili içindeki yabancı sözcüklerden ve kurallardan arıtarak kendi öz kaynağının olanaklarıyla geliştirmeyi amaçlayan akımın yandaşı olan kimse –Ç.N.

Mavi köprüde
Çimenler soluksuzdu
Çıkar üstünü.

Fincanda gördüm
Kahvenin girdabını
Sen uyuyorsun.

34
Nefis kadavra

"Nefis kadavra yeni şarabı içecek", işte 1927 yılında gerçeküstücülerin topluca yazdığı ilk cümle.

Partnerinizle oynadığınızda ise oyunun amacı iki yazarlı bir anlatı kaleme almaktır. Size genelde oldukça ilham verici muzip öyküler tavsiye ediyoruz. Bir kağıda cümlenin bir öğesini yazmakla işe başlayın ve sonra yalnızca son kelimenin görüneceği şekilde katlayarak partnerinize verin. Bu sefer o sizin metninizi tamamlayacak ve aynı kural gereğince yalnızca son kelimeyi görünür şekilde tutarak kağıdı kıvıracak ve size verecek. Ve bu şekilde devam edeceksiniz...

Oyuna başlamadan önce kimin neyi yazacağını netleştirmek için cümlelerinizin sözdizimi konusunda anlaşın: Örneğin ilk başlayan, özne konumunda bir isim öbeği yazsın, ikinci bir dolaylı tümleç, birinci bir fiil öbeği, ikinci tekrar bir isim öbeği, vs. Her ikiniz de birer cümle yazarak oyunu basitleştirebilirsiniz, ama bu durumda metin kimi zaman tutarsız olmaktadır. Gülünç karakterler ve durumlar icat edin. Son kelimeyi yazdığınızda metni hanginizin okuyacağına karar verin. Deli gibi güleceğinizi garanti ediyoruz!

35
Kemirilmiş sözcükler

Partneriniz ona yazdığınız sevgi sözcüklerine bayılıyor! Fareler ve güveler de!

İlk kez *Gargantua*'da Rabelais tarafından başlatılan bu doldurma oyunu çok güzel bir aşk mektubu oluşturmanızdan ve yazdıklarınızı unutmamak için mektubun bir fotokopisini aldıktan sonra da metnin içinde sıvı düzelticiyle delikler açmanızdan ibaret: Eksik cümleler, kayıp harfler, kırık sözcükler... Sanki küçük böcekler kimi parçaları gelişigüzel kemirmiş...

Oyunun partnerinizi ilgilendiren kısmı metninizi onaracak olması. Bunu yaparken hayalindeki orijinal anlatıma da mümkün olduğunca sadık kalması gerekiyor.

Se , ım sakın. Bu sabah
gözyaş bir düşündüm de
Ne biz beraber. Be
ama kelimeler gece.

Bu alıştırma partnerler arasındaki doğal uyumu ve anlayışı kolaylaştırmayı amaçlıyor. Ayrıca kendimizi ötekinin yerine koymamıza ve onun gibi hissetmemize olanak tanıyor. Bu oyunu daha başka cinlikler için de kullanabiliriz tabii...

36
Kelime buketi

Kaligramlar, dizelerin düzenleniş biçimlerinin metnin içeriğiyle aynı nesneyi çağrıştıran bir desenin dış hatlarını temsil ettiği şiirlerdir. Başka bir deyişle, bunlar okunduklarında verdikleri hazzın yanı sıra göze de hitap ederler. Kişiye özel bir hediye arıyorsanız, işte size güzel bir örnek!

İlk olarak İÖ 3. yüzyılda Yunan şair Simmias tarafından denenmiş olan kaligramlar Stéphane Mallarmé ve Guillaume Apollinaire sayesinde popüler hale gelmiştir. Biz de size bu sanatı denemeyi öneriyoruz: Örneğin partneriniz için güzel sözlerden, komplimanlardan ve övgülerden oluşan bir buket oluşturabilirsiniz.

Elinizin altında kurşun kalem, silgi, mürekkepli ve renkli keçe kalemler bulundurun; kaliteli bir kağıt seçin. Önceden bir müsvedde yapabileceğiniz gibi doğrudan yaratmaya da başlayabilirsiniz. Seçim sizin!

Vazonun dış çizgisini istediğiniz biçimde çizin ve sonra bunun içini kelimelerle doldurun. Daha sonra bukete geçin. Vazonuza çiçek şeklinde kaç kelime koymak istiyorsunuz?

Şiiriniz bittiğinde uygun boyda bir camlı çerçevenin içine koyup sevdiğinize armağan edin... Hiç tasalanmayın, bu jestin hiçbir tehlikesi yok!

37
Hatırlıyorum da

Fransız yazar Georges Perec (1936-1982) hepsi "Hatırlıyorum da..." ile başlayan ve geçmişte zihnine kazınmış detaylar aracılığıyla gündelik hayatın "vasat ötesi" anlarını anımsatan çok sayıda kısacık paragraftan oluşan bir kitap yayınlamıştı.

Size bu yöntemden esinlenerek iki yazarlı bir oyun öneriyoruz. Oyunun prensibi şöyle: Bir not defteri alın (ikiniz için tek bir defter) ve belirli bir süre boyunca –örneğin üç ay– her gün sırayla aşk maceranıza ait olan ve aklınıza gelen bir anıyı kaydedin.

Çift sayılı günlerde kalemi kimin eline alacağını kararlaştırın; tek sayılı günlerde de diğeriniz aynı görevi üstlenecek. Anılarınızı sansürlemeyin, kronolojik veya başka bir biçimde herhangi bir düzenlemeden kaçının. Öte yandan, bir olay yerine başka bir olayın su yüzüne çıkması durumunda buna bir anlam yüklemeye dayanan analiz tuzağına düşmeyin.

İster birkaç kelimelik ister birkaç satırlık, arzu ettiğiniz uzunlukta bir metin yazın ama yine de bir sayfadan uzun olmamasına gayret edin. Günün sizin için en uygun olan diliminde yazın. Göreceksiniz, neredeyse hiç zaman almayan bu eğlenceli, şiirsel ve heyecan verici oyun üç ayın sonunda size öyle orijinal bir defter verecek ki tek bir şey için arzu duyacaksınız: Devam etmek!

İLETİŞİM KURMAK

Partnerler arasındaki yakınlık, fiziksel samimiyet ve ortak geçmiş göz önünde bulundurulduğunda, iletişim kurmamak bir gönül ilişkisinde herhalde başka her yerde olacağından çok daha imkansızdır. Gazetemize gömülmüş, kanepede oturuyor ve hiçbir şey söylemiyorken bile bir şeyler söyleriz: Söyleyecek hiçbir şeyimiz olmadığını, konuşmak istemediğimizi, kendimizi iyi hissetmediğimizi, diyaloğu kabul etmediğimizi...

İnsanlar arasındaki iletişim birbiriyle örtüşen iki düzlemde gerçekleşir. İlk düzlem içerikle ilgilidir. Yani, daha basit bir ifadeyle, tamamen keyfi kelimelerle kendi kendimize ilettiğimiz ham bilgi. İlkinden çok daha zengin, çok daha ikircil ve çok daha karmaşık olan ikinci düzlem ise ilişkiye aittir. Burası sözel olmayan dilin, duyguların, öznel yorumlamanın alanıdır.

İlişki içeriği –içerik varsa tabii!– kapsar ve bunun nasıl anlaşılması gerektiğini belirtir. İnsanlar arası iletişimin özü asıl bu düzlemde iş görür, zira kelimelerin de ötesinde, her şey bizimle konuşur ve çoğu zaman bizim bundan haberimiz bile olmaz: Bakışlarımız, el kol hareketlerimiz, mimiklerimiz, duruşumuz, soluk alıp veriş hızımız, birbirimizden ne kadar uzakta durduğumuz, tenimizin rengi, ısısı ve kokusu...

Yolladığımız bir yığın gizli mesajı partnerimiz çoğu zaman sezgisel olarak algılar ve onlara otomatik olarak, gerçekten bilincinde olmaksızın, bir anlam yükler.

Bu beşinci bölümde söz konusu "gizli güçler"in aşk hayatımız üzerinde istesek de istemesek de yaptıkları etkiyi ve bunlardan yola çıkarak yorumlarda bulunmaktan nasıl kaçınabileceğimizi göreceğiz.

38
Katı yumurta

Bu alıştırmada, bir kağıda sembolik bir katı yumurta kesiti çizecek ve aşağıda belirtilen bilgileri göz önünde bulunduracaksınız.

Kabuğun kalınlığı, size göre, karşılıklı iletişim kurabilme yeteneğinizi gösteriyor: Kabuk ne kadar sertse partnerinizle o kadar az iletişim kurduğunuz hissine kapılıyorsunuz.

Yumurtanın beyazı aranızdaki bağın ilişkisel boyutunu sembolize ediyor, yani ilişkinizde sözel olmayan yollarla ifade edilen her şeyi: Sevgi jestleri, ritüeller, tebessümler, anlaşan bakışlar, kucaklaşmalar, vb.

Yumurtanın sarısı ise iletişiminizin salt bilgilendirici kısmını temsil ediyor: Bir şeyi söylemek, yapmak veya bir şeye karar vermek için anlam belirsizliği ya da gizli niyet olmaksızın kelimelerle tercüme ettiğiniz her şey. Bu sarı kısma "sözel okşamalar" ya da "Günaydın!" veya "Ne kadar güzel bir gün" gibi bilgi/haber açısından yeni hiçbir şey getirmeyen küçük doğrulama cümleleri veya ilişkiyi sürdürmek için yapılan konuşmalar dahil değildir.

Yumurtanız neye benziyor? Şemalarınızı karşılaştırın. Ne düşünüyorsunuz?

39 Küçük münasebetsizlikler

Sözel içerik ve ilişkinin gidişatı birbirine uygun düşmediği zaman partnerler arasındaki iletişimde bir takım anlaşmazlıklar veya yanlış anlamalar ortaya çıkar. Bir şeyler kulağımızı tırmalar ama bu akortsuzluğun tam olarak nereden kaynaklandığının bilincine pek varamayız. Bu uyumsuzluk ilişkinin doğallığına zarar verir ve en ipe sapa gelmez yorumlara kapıları açar. Ortaya çıkan sonuç yanlış notayı çalan tarafın başlangıçtaki niyetine nadiren uygun düşer.

Partnerinizde, hatta kendinizde bu uyum eksikliğini hiç fark ettiğiniz oldu mu? Durumu net bir şekilde hatırlıyor musunuz? Ortaya ne gibi etkiler çıkmıştı?

Uyumsuzluğun etkilerini değerlendirebilmek için canlandırmaya dayalı oyunlardan oluşan ve aşağıda sıraladığımız küçük testleri deneyebilirsiniz:

- Kaşlarınızı çatarak birbirinize sevgi sözcükleri söyleyin.
- Öfkeliymiş gibi yaparken gülümseyin.
- Sevgilinize hayatı onunla paylaşmaktan duyduğunuz mutluluğu anlatırken üzgün bir tavır takının ve gözlerinizi yere dikin.
- Partnerinizin yeni giysilerine kompliman yaparken içinizden paçavra gibi olduklarını düşünün.

40
Pantomim

Aşağıdaki sorulara siz de istediğiniz başka sorular ekleyin. Bunları küçük kağıt parçalarına yazdıktan sonra bir şapka içinde biriktirin ve iyice karıştırın!

- Boyun kaç santimetre?
- Kahvene kaç şeker atıyorsun?
- Ne zaman alışveriş yapmayı düşünüyorsun?
- Akşam yemeği için restorana gitmek ister misin?
- Yarın sabah kaçta çıkıyorsun?
- Cumartesi günü annenle babanı davet etmek ister misin?
- Benimle şimdi sevişmek istiyor musun?

Ardından, yalnızca el kol hareketleri yaparak ve yüz ifadelerinizi kullanarak bu soruları bir mim sanatçısı gibi sırayla birbirinize soracaksınız. Bu alıştırmanın sanılandan çok daha zor olduğunu biliyor muydunuz? Şapkadan bir kağıt parçası çekin ve doğaçlama yapmaya başlayın!

Partneriniz soruyu anladığında yüksek sesle cevap verecek. Eğer bir dakikadan daha kısa bir sürede bulabilirse, ikinize de bravo! Kendinizi sözel olmayan yollardan ifade etmedeki ustalığınızı kanıtladınız.

41
Do-re-mi-fa-sol-la-si-do

"Seni sevdiğimi pekala görüyorsun, değil mi? Yinelememe gerek var mı? Sana nasıl davrandığıma bir bak ve söyle bana, bu sana olan aşkımı yeterince kanıtlamıyor mu?" Hayır, kimi şeyler mutlaka kendiliklerinden anlaşılır diye bir kural yoktur... Bazı insanlar utandıkları için duygularını ifade etmede zorlanırlar. Karşılarındaki onlardan bir sevgi sözcüğü istediğinde kendilerini tedirgin hissederler. Sevgiliye günde on beş defa onu sevdiğini söylemek nasıl duygusal açıdan olgunlaşmamış olmanın ya da kendine güvensizliğin bir göstergesi olabilirse, hiçbir zaman "Seni seviyorum" dememek de her iki taraf için de gittikçe daha fazla acı vermesi muhtemel sancılı bir suskunluğa gömülmek anlamına gelir. Duygularımızı saklamanın karakterimizin bir parçası olduğuna ve kendimizi zorlamanın doğru olmadığına inanmaktan artık vazgeçelim. "Seni seviyorum" demek sevme becerimizi özgür kılar, partnerimize güven verir ve ilişkimizi aydınlatır. Topu topu iki kelime tutan bir zevkten kendimizi niye mahrum edelim ki?

Bu iki kelime, telaffuz ediliş biçimlerine bağlı olarak, en kabasından tutun da en soylusuna birçok farklı anlama gelebilir. Her şey içlerindeki müziğe bakar! Siz de izleyen ritüeli kullanarak alıştırma yapabilir, nota bilginizi tazeleyebilirsiniz:

Küçücük bir cümle olan "Seni seviyorum"u şu duyguları ifade etmek için kullanın:

- Kendimi yalnız hissediyorum, sevgine ihtiyacım var.
- Acı çekiyorum, sev beni.
- Seni sevmek bana sonsuz bir mutluluk veriyor.
- Bir ömür boyu seninle birlikte olmak istiyorum.
- Sevişmek istiyorum.
- Sana hükmetmek istiyorum.
- Seni olduğun gibi seviyorum.
- Ne olursa olsun seni seviyorum.

Bu küçük oyunu oynamak için kendinize, sırayla, on beşer dakika verin. Karşınızdaki "Seni seviyorum"unuzda hangi büyülü mesajı gizlediğinizi tahmin etmeli. Sonuçların sizi şaşırtacağından hiç şüpheniz olmasın!

42
Körlemesine

Bu oyunu sakin bir an yakaladığınızda ve gerçekten eğlenmek istediğinizde oynayabilirsiniz. Yapmanız gerekenler şunlar: Biriniz gözlerini kapattıktan sonra, diğeriniz vücudunu istediği şekle sokacak. Çömelebilir, elleri ve dizleri üzerinde durabilir, yere uzanabilir, ayakta durabilir, kollarını uzatabilir veya dirseklerden kırabilir, bacaklarını bükebilir... Ne isterse yapabilir. Burada önemli olan, birkaç dakika boyunca sürdürülebilecek orijinal bir duruş bulmak.

Gözü kapalı olan taraf, yalnızca dokunarak, bu pozisyonun ne olduğunu tahmin etmeye çalışacak ve hareketi tekrarlayacak. Hareketi doğru yaptığını düşündüğü zaman gözlerini açacak. İki duruşu kıyaslayın. Gözü kapalı adaya on üzerinden kaç puan veriyorsunuz? Bu oyunu karanlıkta veya doğada da oynayabilir, aklınıza gelen her türlü değişikliği uygulayabilirsiniz.

Duyumsal sistemimize ait öğelerden birinin eksik olması durumunda –burada söz konusu öğe görme duyusudur– dikkatimizi bize başka kanallardan ulaşan bilgiler üzerinde yoğunlaştırma eğiliminde oluruz ama bu bilgilerin işleniş biçimleri kimi zaman hatalı betimlemelere neden olur.

43

Paylaşılan güven

Birbirlerine değer veren kimi kişilerin, örneğin aşık çifterin veya eski dostların, birbirlerine ayak uydurma eğiliminde olduklarını hiç gözlemlediniz mi? Bu insanlar aralarındaki iletişimin "menteşelerini yağlamak" istermiş gibi hareketlerini, duruşlarını, konuşma biçimlerini veya kullandıkları kelimeleri uyumlu kılmaya çalışırlar sanki.

Hepimiz kendiliğinden oluşan bu duruma –farklı derecelerde ve bilinçsiz olarak– ayak uydururuz. Bu, kaliteli bir ilişkinin ve paylaşılan güvenin bir işaretidir. "Biz tam birbirimize göreyiz. Sana saygı duyuyor ve seni anlıyorum. Kanıtı mı? Senin gibi davranıyorum."

Sıradaki alıştırmayı önceden hazırlanmadan yapın. Karşı tarafa haber vermeksizin seçeceğiniz bir anda –örneğin bir sohbet, bir davet ya da akşam yemeği sırasında– partnerinizin bir hareketine, tutumuna veya herhangi bir tavrına nezaketi ve saygıyı kesinlikle elden bırakmadan öykünün. Bu, kollarının veya bacaklarının pozisyonu, başının duruşu, nefes alış veriş hızı, cümlelerinin vurgusu veya o anki ruh hali, düşünme tarzı olabilir... İncelikli olun. Partneriniz onu taklit ettiğinizin farkına varmamalı. Burada söz konusu olan onu yansılamak değil, ikinizin de aynı frekansta olmasını sağlamak.

Bu konuyla ilgili saptamalarınız neler? Ne tür dersler çıkardınız?

44

Herkes birden sustuğunda, bir melek geçti demektir

Öyle görünüyor ki doğa boşluklardan hiç hazzetmiyor. Biz de öyle. Sessizliğe alerjimiz olduğundan, çoğunlukla, sesle boşluk doldurma ve gürültü sanatı konusunda uzmanlaşıyoruz. Bunun nedeni, hiç şüphesiz, zihnimizde sessizliği yokluk, ret veya ölümle bağdaştırıyor olmamız. Sessizliği bir dakikayla sınırlıyor ve onu da cenaze törenlerine ve saygı duruşlarına saklıyoruz. Oysa gerçekten tam bir sessizlik sağlıklı ve ruhu tazeleyicidir. Derin düşüncelere veya zihnimizi boşaltmamıza imkan tanır.

Partnerinizle baş başa geçireceğiniz bir gün boyunca tek bir kelime bile etmemek üzere anlaşın. İletişim kurabilmek için başka yollar bulun, örneğin el kol hareketleri, tebessümler ve bakışlar. Her ikiniz de bu değerli anların tadını çıkarın ve hareketlerinizin seyrini ağır çekimdeymişsiniz gibi yavaşlatın. Ses tellerinizi bir kere bile titreştirmeden uykuya dalın ve ertesi sabah şarkı söyleyerek uyanın. Bu deneyimin sonunda, her ikiniz de, neler hissediyorsunuz?

SEVMEK, BAKMAK

İletişimi kuran bakıştır. Öte yandan, tanımadığımız bir kişi söz konusu olduğunda, paylaştığımız ilk şey de bir bakıştır. Ve bu çok basit eylem sayesinde ilk temasımızın genel havasının nasıl olacağını sezeriz. Bakışın niteliği ilişkilerde mutluluğun sırlarından biridir: Ötekine nasıl bakıyoruz? Bakışımız ona kendisini nasıl hissettiriyor? Zamanla bakışımız yoğunluğunu veya değerini yitiriyor mu? Gözlerimiz gerçek bir sessiz dil kullanarak "konuşur"; düşüncelerimizi, derin duygularımızı, heyecanlarımızı dışa vurur ve kelimelerimize görkem katar. Mutlu veya aşık olduğumuzda gözbebeğimiz ışıldar. Yalan söylediğimizde ise büyüme eğilimindedir. Şaşırdığımızı göstermek için gözlerimizi fal taşı gibi açarız, karşımızdakini dikkatle dinlerken ise göz kapaklarımız kırışır. Korku, öfke, çekingenlik veya meydan okuma bakışımızdan okunabilir.

Peki karşımızdakine görsel olarak dikkat ediyor muyuz? Bakışlarımızın bu baştan çıkarıcı ve büyüleyici gücünü kullanmayı biliyor muyuz? Birbirimize sevgi dolu gözlerle bakıyor muyuz? Umarız bu bölüm gözlüklerinizi silmenize yardımcı olur!

45
Göz göze

Eğer partnerinizin size bakışını genel olarak nasıl algıladığınızı aşağıda verdiğimiz ve sizin de özgürce uzatabileceğiniz listeden iki veya üç sıfat kullanarak belirlemeniz gerekirse, hangilerini seçersiniz?

sıcak	kaçamak
dikkatli	mesafeli
saygılı	soğuk
ödüllendirici	kaygı verici
müsait	eleştirel
güven verici	düşmanca
aşık	kötücül

Seçimleriniz için hangi deneyimlerinizi dayanak aldınız?

Partnerinizin size bakışından gurur duyuyor musunuz, sevildiğinizi hissediyor musunuz ya da, tam tersine, korktuğunuz oluyor mu? Hangi anlarda? Bu sizi nasıl etkiliyor?

Her ikiniz de bu küçük yoklamayı ayrı ayrı yapın ve ardından, birbirinize en ufak bir sitemde bile bulunmaksızın, bu konu üzerinde sakince ve kibarca konuşmak için yirmi dakikanızı ayırın. Size güveniyoruz.

46
Geveze bakışlar

Birbirinden en fazla 1.30 metre uzaklıktaki iki sandalyeye yüz yüze bakacak şekilde oturun. Aşağıdaki listeyi elinize alın ve oyunu, hiç acele etmeden, sırayla oynayın. Eğer ocakta yemeğiniz varsa ya ocağı kapatın ya da oyunu başka bir zamana erteleyin.

Oyunun kuralı partnerinize sanki bir başkasıymış ya da bir nesneymiş gibi bakmanız. Aşağıdaki listeye danışarak ne veya kim olduğunu tahmin etmek ona kalmış:

- Bir bebek.
- Bir kedi.
- Güneşin batışı.
- Dünyadaki en değerli varlık.
- Krem şantili bir pasta.
- Mona Lisa.
- Bir marslı.
- Öldürmeye hazır bir katil.
- İğrenç bir insan.
- Bir maymun.

Tek bir bakış bile bazen düşüncelerimiz ve partnerimizi nasıl algıladığımıza dair çok şey söyler. Puanlarınızı toplayın. Sonuçlarınız nasıl?

47

Farklılıklar oyunu

Günlük hayatta birbirimize karşı gerçekten de dikkatli miyiz? Örneğin, partnerinizin bu sabah işe gitmek için evden çıktığı sırada neler giydiğini söyleyebilir misiniz? Saçını nasıl taradığını, takılarını hatırlıyor musunuz? Sizi gücendirmek istemeyiz ama, bu konuda bazı şüphelerimiz olduğunu söylememize izin verin.

Çoğu zaman günlük koşuşturmaya ve rutinimize kendimizi öyle kaptırıyoruz ki gerçek hayattan kopuveriyoruz; işte bu kadar basit. Bunun içindir ki istediğimiz kadar sevgilimizin bu sabah bordo takımını giydiğinden emin olalım, söz konusu giysi en az iki haftadır gardırobundan çıkmamış olabilir.

Peki ince detaylara karşı hassas olmayı nasıl öğrenebiliriz? Karşımızdakine gerçekten bakarak: Ama dekorun bir parçası olan bir nesneymiş gibi değil de sevdiğimiz ve dikkatimizin en büyük kısmını yönelttiğimiz insan olarak.

İşte size bakışınızı bilemeniz için küçük bir oyun. Salonunuzda karşı karşıya oturun ve birbirinizi bir otuz saniye boyunca inceleyin. Sonra birbirinize sırtınızı dönün veya bir süreliğine yalnız kalın ve üzerinizde üç ufak değişiklik yapın: İlikli birkaç düğmenizi açın, takılarınızı çıkarın, ayakkabınızın bağcığını çözün, vb. Birbirinizi yalnızca bir dakika boyunca inceleyecek ve yaptığınız değişiklikleri karşılıklı olarak bulmaya çalışacaksınız.

Bu oyunu birkaç el oynayın. Puanlarınızı sayın ve kaybeden tarafa bir aşk cezası verin.

48
Şeytanla pazarlık

Ötekinin gözünde artık varolmadığımız hissine kapılmak kadar acı verici, küçük düşürücü ve yıkıcı başka bir şey hiç kuşkusuz yoktur. Peki bu gerçeğin ta kendisi midir? Yoksa yalnızca bir izlenim mi? İletişim konusunda rastlanan klasik sorunların ötesinde, karşımızdakinin gözlerinden okuduğumuzu düşündüğümüz şeyler de hem kendimiz hem de beraberliğimiz için düşündüklerimiz açısından büyük önem taşır. Gözlerinden beni hâlâ sevdiğin okunuyor mu? İşte temel soru budur ve hiçbir sözel yanıt gerektirmez: Gördüklerim beni yeterince aydınlatır.

En azından bir kereliğine şeytanla pazarlık yapmamıza izin verin. Aşağıdaki alıştırmayı tecrübe ederek aykırı bir oyun oynayacağız:

Sabahtan akşama kadar beraber geçireceğiniz bir gün boyunca partnerinize o sanki bir eşyaymış, mobilyalardan biriymiş gibi bakacaksınız. Yani hiçbir şekilde bakışlarınız onun üzerinde durmayacak. Ne pahasına olursa olsun göz göze gelmekten kaçınacaksınız. O artık sizin çevrenizin bir parçası ve ona bundan daha fazla bir önem ve dikkat atfetmiyorsunuz.

Bu alıştırmayı beraber yapın ve gecenin sonunu küçük bir soru-cevap seansına ayırın.

Neler hissettiniz? Her ikiniz de? Bu oyun size neler düşündürdü?

49
Fotoğraf seansı

Partnerinizin fotoğrafını çekmek sizin onun üzerindeki kendi bakışınızı sunmanız demektir ve görüntü almak için bir çerçeve, bir mesafe, bir odak, bir açı ve ışığın yanı sıra yüzündeki bir ışıltıyı veya bedeninin hoşunuza giden bir duruşunu seçmeniz anlamına gelir. Bu, ayrıca, bir yansıyı –ama bu herhangi bir yansı değil, binlerce başka olasılık içinden seçtiğiniz yansıdır– yakalayarak o ana hapsetmek ve bunu sevilen kişiye görmesi için vermektir. Fotoğrafçılıkta iki açıdan da büyülü olan bir taraf vardır: Ötekinin gözüyle yakalanmak ve okşanmak ile, en nihayetinde bir yorumdan ibaret olan bir eylemde kendi bakışını sunabilmek. Öteki tarafından görülen bir "ta kendisi".

İlişkinin başlarında sevgililerin birbirlerini her yerde ve her açıdan fotoğraflamaktan hoşlanmaları, görüntülerini partnerlerinin görsel iştahına sunmak için türlü türlü pozlar vermeleri olağan bir durumdur. Ama zamanla fotoğraf makinesini unutur, boş filmleri bir kenara atar veya kendi kendimize "Her gün hayatı paylaştığımız kişinin fotoğrafını çekmenin ne anlamı var ki?" diye düşünmeye başlarız.

Bizce bu ihmaller aşk hayatınız için büyük yarar sağlayacak şekilde giderilebilir. Çok kısa bir süre içinde bıktırıcı bir hal alabilecek bu uygulamayı genelleştirmeksizin, seçtiğiniz zamanlarda kendinizi tepeden tırnağa –yüzünüzü, ellerinizi, vücudunuzu, çıplak, giyinik, nasıl isterseniz– fotoğraflayın ve resimlerinizi şiirsel ya da gırgır küçük notlar da ekleyebileceğiniz bir albüme yerleştirin.

Zamanla, dönüp yaratmış olduğunuz imgelerin simyasına yeniden dalmaktan büyük zevk alacaksınız.

TABAK ÇANAĞI KIRMAK

"Ne güzel bir çift! İkisi de sesini asla yükseltmiyor; hiçbir zaman tartışmıyorlar. Onlar gibi bir ilişki yaşamayı hayal ediyorum." Size ideal görünen, çevrenizden bir çift için hiç böyle dediğiniz veya düşündüğünüz olmadı mı? Peki bu kişilerin, herkes için beklenmedik bir gelişme olarak, en az başkaları kadar sık boşandığını görünce şaşırmadınız mı?

Genellikle yolunda giden bir aşk ilişkisinin hiç gürültü çıkarmayan bir ilişki olduğunu düşünürüz. Eğer tartışıyorsak, bu beraberliğimizin kötüye gittiğini, iletişimin artık sona erdiğini gösterir. Ah şu ünlü iletişim sorunları! Aynı zamanda hem kapı hem kilit hem de anahtardır onlar...

Tartışmalar, öfkeyle verilen tepkiler, basit anlaşmazlıklar veya daha ciddi çatışmalar sırasında nasıl davranmamız gerektiğini her zaman kestiremeyiz. Tutum ve davranışlarımız çoğu zaman ortamı daha da kızıştırır. Halbuki ortak yaşam uzun, sakin bir ırmak değildir ve çatışmaları önemsiz gibi göstermeye çalışıp küçültmek, en az fazlasıyla dramatize edip abartmak kadar yıkıcıdır.

Bu bölümde gerçek sorunun aslında çatışmaların kendisinden değil, onları ele alış biçimimizden kaynaklandığını göreceksiniz.

50
Durum değerlendirmesi

Aranızdaki bir anlaşmazlık partnerinizle sizi karşı karşıya getirdiğinde, olaylar genellikle nasıl gelişiyor? Hava elektriklendiğinde şahsen hissettiklerinize en çok uyan önermeleri seçin.

Her ikiniz de tıpatıp benzer bir tutum benimsiyor –pes etmeniz söz konusu bile olamaz!– ve bitap düşmenizle ya da geçici bir küskünlükle sonuçlanan bitmek bilmeyen ve gittikçe tırmanan bir tartışmaya giriyorsunuz.

İkinizden biri konuyla ilgili kendi düşüncelerini ifade edemeden diğerinin arzusuna boyun eğiyor ve...

- bu onun için fazla bir sorun teşkil etmiyor.
- bu onu rahatsız ediyor ve öç alma arzusu uyandırıyor.

İkinizden biri partnerini tatlı sözlerle tavlıyor, incelikle konuyu bulandırmaya çalışıyor ve bu arada işin içinden ustalıkla sıyrılmayı da başarıyor. Bu tip bir tutumun öteki üzerinde etkisi...

- olmuyor;
- yıkıcı oluyor;
- patlayıcı oluyor.
- Çoğu zaman kendinizi anlaşmazlığın konusu haline getiriyorsunuz.
- Sıklıkla ipin ucunu kaçırıyor ve sorunla hiç alakası olmayan şeyler söylüyorsunuz ama bu içinizi boşaltmanızı sağlıyor.
- Sizin ilişkinizde, görünürdeki çatışma yalnızca bir bahane, buzdağının su üstünde kalan kısmı.
- Ivır zıvır ve boş sözler konusunda en kötüyü yapabilecek beceriye sahipsiniz.

Bir durum değerlendirmesi yapın ve ilişkinizdeki çatışmalarla ilgili düşüncelerinizi tartışacağınız bir diyalog başlatın. Sorunları çözme biçiminiz her ikinizi de tatmin ediyor mu, yoksa kimi ayarlamalar yapmanız mı gerekiyor?

51
Üçüncü yol

Basit ama ilişkinizde çatışmaya neden olabilecek bir konu seçin. Örneğin biriniz televizyonda bir boks maçı izlemek istiyor, diğerinizse pembe dizi; biriniz yeni bir araba almak istiyor, diğeriniz Yunan adalarında bir tura katılmak, vb. Her biri yaklaşık beşer dakika sürecek üç aşamada iki zıt tutum benimseyerek seçtiğiniz konu üzerinde bir diyalog sahneleyeceksiniz.

İlk tur

Biriniz çatışmayı abartıyor, konuyu bağlamının dışına çıkarıyor, olayı genelleştiriyor, eski tartışmaları yeniden gündeme getiriyor...

İkinci tur

Biriniz çatışmayı önemsizleştiriyor, kendi düşüncesini veya kişisel seçimini tatlılıkla dayatmak için ötekini manipüle etmeye çalışıyor.

Üçüncü tur

Birlikte tatminkar bir sonuç, anlaşmazlıktan her ikinizin de zarar görmeden çıkmasını sağlayan üçüncü bir yol bulmaya çalışıyorsunuz.

Bu –mış gibi oyunu çatışma durumunda olası üç tepkiyi, üç tutumu gözler önüne sermektedir. Birinci olasılıkta, uyuşmazlık, durumu alevlendirmeye yarayan bir körük görevi görür. İlişkideki huzursuzlukları gözler önüne serer ve çözümlenmemiş çatışmaları tekrar ortaya çıkarır. İkinci durumda, manipülasyon iş başındadır. Burada taraflardan biri için söz konusu olan, manipülasyon tekniklerini kullanarak savaşı kazanmaktır. Bumerang etkisi kendini göstermekte genellikle gecikmez. Üçüncü olasılık ise çatışmadan sağduyu ile çıkabilmek için öncelik tanınması gereken yöntemi temsil eder.

Bu alıştırmadan sonra her ikiniz de duygularınızı ifade edin. İlişkinizdeki çatışmaları daha başarılı bir şekilde sonlandırmak için kimi basit önlemler almaya karar verebilirsiniz.

52
Mizansenler

İlişkide yaşanan sorunlardan bahsetmek her zaman kolay değildir. Kendimizi çoğu zaman güçsüz hissederiz ve kaş yapayım derken göz çıkarmaktan korkarız. Buna karşılık, mutlaka yaşadığımız veya yaşayacağımız anlamına gelmeyen durumları canlandırmak ilişkideki rahatlığımızı artırmamıza, karşımızdakinin aklından neler geçtiğini anlamamıza ve çıkardığımız dersleri gündelik hayatımıza aktarmamıza yardımcı olabilir.

Elinize bir zar alın ve aşağıdaki sahneleri gelen sayıya göre sırayla canlandırın. Başlangıçta oyunu bir veya iki seferle sınırlandırabilir ve diyaloğa öncelik tanıyabilirsiniz. Nasıl istiyorsanız öyle yapmakta özgürsünüz. Ama dikkat edin, partnerinizin aşağıdaki senaryolardan birini tecrübe etmiş olması, talih öyle istediği için siz de zarda aynı sayıyı atarsanız, sıranızı savabileceğiniz ve onu oynamayacağınız anlamına gelmez...

1. Partnerinizi İnternet'te bir yabancıyla müstehcen bir sohbet esnasında yakalıyorsunuz.
2. Partneriniz üç aydır sizinle sevişmek istemiyor.
3. Partneriniz ilk defa bugün size el kaldırdı.
4. Partneriniz, bir kere daha, dışarıda geçirdiği bir akşamdan sonra eve sarhoş döndü.

5. Partneriniz sizi hiçbir şey söylemeden terk etti. Ondan bir açıklama bekliyorsunuz.
6. Partneriniz en yakın dostunuzla cinsel ilişkiye girdi.

Oyun için gerekli olan kanıtlar ve detaylar icat edin ve önerilen durumları şahsi mesele haline getirmeyin. Eğer bir huzursuzluk baş gösterirse, oyunu hemen durdurun. Sizi bu noktaya getiren sebepleri daha sonra kendinize sorun.

53
Çağrışım

En az otuz dakika boyunca sakin bir ortamda olmanızı gerektiren bu alıştırmayı tek başınıza, ilişkinizde her şey yolunda gittiği bir zaman yapın. Öncelikle bu sayfayı baştan sona okuyun. Ardından yere uzanın, gözlerinizi kapayın ve kendi gerçeğinize daha yakın olması için özgürce uyarlayabileceğiniz aşağıdaki senaryoya yoğunlaşın. Bu çağrışım alıştırması üç aşamada gerçekleşiyor.

Saat akşamın sekizi. Partneriniz iki saat önce işten dönmüş olmalıydı ve size gecikeceğini söylememişti. Hiç böyle yapmazdı. Cep telefonu sizi sürekli telesekretere yönlendiriyor. İş arkadaşlarından onun bürodan her zamanki saatte ayrıldığını ve çıkarken özellikle endişeli veya her zamankinden farklı görünmediğini öğrendiniz.

Kendinizi bu durumda hayal edin ve duygularınızın sizi yavaş yavaş ele geçirmesine izin verin. Nasıl davrandığınızı görüyorsunuz? Ne yapacaksınız?

Saat dokuz. Kapı çalıyor. Açıyorsunuz. Karşınızda iki polis memuru var. Biri zayıf, uzun boylu, kızıl bir bıyığı var; diğeri daha kısa ve kel. Size partnerinizin adını verip onunla yaşayan kişi olup olmadığınızı soruyorlar. Çok sıkıntılı görünüyorlar.

Bu kişilerin önünüzde ete kemiğe büründüğünü hayal edin. Tam o anda neler hissediyorsunuz?

Kel olan polis sonunda bir açıklama yapıyor ve size diyor ki partneriniz...

Bu senaryonun dramatik ya da mutlu biten sonunu siz uydurun ve senaryoyu sakince baştan sona içinizden ilerletin.

Ardından, zihninizde, hızlı bir şekilde küçük bir bilanço yapın. Hissettiğiniz duygular nelerdi? Bu alıştırma partnerinize olan bağlılığınız konusunda size ne gibi şeyler öğretti?

54
Büyük öfke

Hiç partnerinizin yok olmasını, hayatınızdan, hatta yeryüzünden çekip gitmesini dilediğiniz oldu mu? Biraz çaba sarf edip hatırlamaya çalışın. Eğer böyle bir şey anımsıyorsanız, dipten gelen bu dalgaya, böylesi bir öfkeye neyin neden olduğunu söyleyebilir misiniz?

- Partneriniz tarafından kandırılmış ya da ihanete uğramış hissetmiştiniz.
- Sizi küçük düşürmüştü.
- Tutumu kendinizi suçlu hissetmenize veya utanç duymanıza neden olmuştu.
- Olduğunuzu sandığınız kişiyle onun size yansıttığı imajınız arasında dağlar kadar fark vardı.
- Partneriniz sizi içinden çıkılmaz bir seçimle karşı karşıya bırakmıştı.
- Beraber yaşamak dayanılmaz bir hal almaya başlamıştı.

O anı gözünüzün önüne getirmeye, sarf edilen kelimeleri, görüntüleri, kokuları, orada bulunan insanları hatırlamaya çalışın. Daha sonra neler hissettiniz? Sular nasıl duruldu; işler nasıl daha sakin bir hal aldı? Öfkenizi dindirmek için sizce hangi özelliklerinizi veya hangi becerilerinizi kullandınız? Peki hangilerinin eksikliğini hissettiniz?

55
Kim başlattı?

İlişkimizde bir çatışma yaşandığında, anlaşmazlığın konusu ne olursa olsun, bu durumun başlıca sorumlusunun genellikle partnerimiz olduğunu düşündüğümüzü hiç fark ettiniz mi? Bunun içindir ki, mantığa uygun bir şekilde, yanlışını kabul etmesini ve özür dilemesini bekleriz; ne de olsa her şey onun hatasıdır! Ama işte o da, anlaşmazlığa götüren sahneleri kendi şifre anahtarına göre yorumlar ve bizim onu eleştirdiğimiz şeyler için bizi suçlar. Bu öyle bir durumdur ki, yukarı tükürsek sakal, aşağı tükürsek bıyık!

En son tartışmanızı anımsayın:

- İletişiminizin hangi noktasına dayanarak partnerinizin hatalı olduğu kanısına vardınız?
- Peki topu size atmak için o nasıl bir bakış açısı benimsedi?
- Sizce, onun kanıtları neden sizinkilerden daha hafif kalıyordu?
- Peki o neye dayanarak sizden daha haklı olduğunu düşünebildi?

Aslında kimin haklı kimin haksız olduğuna, kimin doğru kimin yalan söylediğine karar vermenin hiçbir önemi yok. Bir kağıt parçasına "İkimiz de haklıyız" veya, daha sembolik bir şekilde, "Öfkeyle kalkan zararla oturur", "Dirlik olmayan yerde varlık olmaz" gibi cümleler yazın. Ve bu "mantra"yı işler tatsızlaştığında hatırlamak için cebinizde taşıyın!

56
Programlanmış özürler

Özür dilemek diş çektirmekten çok daha acısızdır ve özrü dileyen ağza çok daha değer kazandırır. Burada söz konusu olan dizler üstüne çöküp yalvarmak ya da kendini yerden yere atarak paralamak değil, ilişkimizin zarar görmesinde payımız olduğunu, bundan dolayı üzüntü duyduğumuzu ve –her ikimizin de– birbirimizi anlamamız ve birbirimize yardım etmemiz gerektiğini sakince söylemektir. İlişkiye özen göstermek demek ötekini yargılamak veya eleştirmek değil, ona anlayış ve iyi niyetle yaklaşmak anlamına gelir.

Peki sevgi sözcükleri gibi tasarlanan özürleri kim telaffuz edecek? Bunun pek önemi yoktur, çünkü kimse diğerinden daha haklı değildir ve sözel pingpong bir kısırdöngüye kapılmamıza neden olur. İşte bu yüzden ilişkinizdc şöyle bir kural benimsemenizi öneriyoruz: Eğer ikinizden biri ilişkinizde sürüncemede kalan bir şeyler olduğunu sezerse, bu durumu çözüme bağlamak için onu takvime havale edin! Yılın çift sayılı haftalarında baş gösteren çatışmalarda –anlaşmazlığın doğası, nedeni ve sonuçları ne olursa olsun– siz partnerinizden özür dileyeceksiniz. O da aynı sorumluluğu tek sayılı haftalar için üstlenecek.

İşler bu şekilde ele alındığında çok daha basit görünebilirler. Uyguladıkça hiç de zor olmadığını göreceksiniz. Ama kurala harfiyen uymaya özen gösterin. Haklı olduğunuza ikna olsanız bile, eğer takvime göre o hafta sıra sizdeyse hiç tartışmadan özrünüzü dileyin.

57

Dur!

Anlaşmazlığı hangimizin başlattığını ortaya çıkarmak için yaptığımız sonu gelmez kavgalarda öyle bir noktaya varırız ki birbirimizi kötü niyetli olmakla suçlar, kendimizi kurban olarak görür ve öfkeye ya da üzüntüye kapılırız. Peki bu korkunç "kim başlattı?" döngüsüne kapılmamak ve ilişkimizdeki verimsiz dalaşları durdurmak için ne yapabiliriz? İşte size basit olduğu kadar etkili bir teknik. İşler sarpa sarmaya başladığında veya partnerinizin sizi incittiğini hissettiğinizde söyleyeceğiniz bir kelime, kısa bir cümle veya bir onomatope* üzerinde anlaşmaya varın. Bu sinyal ikiniz tarafından da derhal bir DUR işareti olarak algılanacak. O noktada, ne kadar dolu olursanız olun kendinizi frenlemeniz, otomatik pilota bağlanmanız ve sözel iletişimizi askıya almanız gerekiyor.

El ele tutuşun, birbirinizin gözlerinin içine bakın ya da ikinize çay yapın ve başka bir şeye geçin. Daha sonra, kafanız sakinleştiğinde, tartışma konusunu tekrar ele alırsınız. Ne olursa olsun küs veya birbirinize karşı öfkeli yatmaktan kaçının. Bu, kötü uyuyacağınız ve karanlık bir güne uyanacağınız anlamına gelir. Yoksa hayatı kendinize zehir etmekten zevk mi alıyorsunuz?

---

* Onomatope: Yansıma. Doğadaki seslerin taklit edilmesiyle oluşturulmuş sözcükler –Ç.N.

58
Taş, makas, kağıt

Beraber almamız gereken kimi kararlar ilişkimiz için belirleyici bir rol oynamazlar ve, takdir edersiniz ki, akşam yemeği için bir Yunan restoranına mı gitsek, yoksa buzluktaki donmuş musakkayı çözüp mü yesek diye saatler boyunca tartışmak genellikle verimsiz bir eylemdir.

Bu tip durumlarda kendimizi yinelenen senaryoların içinde bulmamız an meselesidir, ki bunlar, yorgunluğun ve sıkıntıların da yardımıyla, bir çırpıda aptalca çatışmalara dönebilirler. Bunun için basit bir oyunumuz var!

Eğer prensipte anlaşıyorsanız, sorun yaratan konularda karara varmak için çocuklar gibi taş-makas-kağıt yöntemine başvurabilirsiniz:

- Taş (sıkılmış yumruk) makası kırar.
- Makas (işaret parmağı ve orta parmak V şeklinde açık) kağıdı keser.
- Kağıt (beş parmak da açık) taşı sarar.
- Dikkat 1, 2, 3... Seçtiğiniz sembolü uygun hareketle ifade edin ve kazananı saptayın. İşte bu kadar basit. Hem zaman kazanıyorsunuz hem de gereksiz tartışmalardan kurtuluyorsunuz. Bu yöntemin demokratik hiç-

bir yanı olmasa da süratli bir şekilde sonuca ulaşmanızı ve, basit prensip anlaşmazlıklarına gülerek, olayı abartmamanızı sağlıyor.

Bu arada, önemsiz şeyler için birbirinize girmenize sebep olan şey ne?

PARÇALARI YENİDEN BİRLEŞTİRMEK

Kendimizi harap etmeden veya kabuk bağlaması bazen uzun zaman alan yaralar açmadan nasıl tartışabiliriz? Rezil olmadan, itibarımızı yitirmeden, kendimize ve partnerimize olan saygımızı nasıl koruyabiliriz? Yüzleşmeyi göze alabilir miyiz, yoksa bir süreliğine mesafeli olmamız mı gerekir?

Önceki bölümdeki düşüncelerle benzer bir yol izleyerek, ilişkinizin evreninde nerede bulunduğunuza dair bir durum saptaması yapmanızı, partnerinize pozitif bir elektrik yollamanızı ve birbirinize yeniden güven duymanızı sağlamak için kimi önerilerimiz olacak. Bu alıştırmaların kendinizden ödün vererek vardığınız ve sürekli yinelenen uzlaşmaları sınırlandırmanıza, çok daha gerçek bir ilişkiye doğru ilerlemenize ve birbirinizi daha iyi tanımanıza imkan yaratacağına inanıyoruz.

59

Lavabo deliğindeki sabun parçası

Her ikiniz de birer boş sayfa alın ve dikey bir çizgi çizerek sayfayı tam ortadan ikiye bölün. Sol sütunun en üstüne "Hoşgörü ile karşılamakta zorlanıyorum", sağ sütunun tepesine ise "Hoşlanıyorum" yazın. Ardından, beraberliğinizde tahammül etmekte zorlandığınız üç şeyi düşünmek için kendinize yeterince süre tanıyın. Söylediklerinizin sorumluluğunu almak için "Ben" zamirini kullanın ve kendi hoşnutsuzluğunuz için sürekli partnerinizi suçlamayın. Bir parça sabun lavabonuzu tıkayabilir ama boru geçip gitmesine izin vermeyecek kadar darsa, bu onun suçu değildir. Yani hiçbir yargıda bulunmayın, hiçbir açıklama yapmayın ve iddialarınızı desteklemek için kanıtlar göstermeyin. Yalnızca neye tahammül etmekte zorlandığınızı yazın. Hepsi bu!

Şimdi aynı şeyi hoşlandığınız şeyler için yapın ve bunları sağdaki sütuna yazın.

İkinci aşamada kağıtlarınızı değiş tokuş edin. Partnerinizin yazdıklarını okumak için kendinize birkaç dakika verin. Ardından, sırayla, partnerinizin düşüncelerini teker teker –istediğiniz sırayla– kullanacak ve bunların doğruluğunu desteklemek için elinizden gelen en iyi şekilde kanıtlar oluşturacaksınız.

Her ikiniz de konuşmanıza “Şunları hoşgörü ile karşılamakta zorlanıyorum...” veya “Şunlardan hoşlanıyorum...” diye başlayın ve devamını partnerinizin bakış açısına uygun şekilde doğaçlama olarak getirin. Bu noktada şunu açıkça ifade etmemiz gerek: Burada söz konusu olan partnerinizin söylediğini duyabileceğiniz şeyleri tekrarlamak değil, onun hissettiklerini hissetmeye çalışmak ve bunu içten bir şekilde ifade edebilmektir.

Çok önemli bir tavsiye: Oyun boyunca partnerinizin kimliğine bürünmüş olmalı ve bunu sonuna kadar sürdürmelisiniz. Şahsi yorumlar yapmanız da yasaktır. Eğer ikiniz de arzu ediyorsanız, bu oyunu dingin bir diyalog izleyebilir.

60
Mesafeler

Partnerimizin yanımızda olmasını çok doğal karşılamaya ve bunun gündelik hayatın bir parçası olduğunu düşünmeye başladığımızda, onun eşsiz varlığının tadını çıkarmayı yavaş yavaş unuturuz. Bıkkınlık bizi ele geçirir, bakışlarımızdaki ışıltı söner ve hayranlığımızı kaybederiz. O orada, hemen yanı başımızdadır ve biz bunu çok normal karşılarız. Bunun içindir ki birbirinden uzak kalmak çoğu zaman kalbi açar ve sevdiğimizin yanımızdaki varlığının zevkine varmamız için onunla kendi aramıza zaman zaman bir parça fiziksel veya sembolik mesafe koymamız yararlı olur. Bu özellikle tartışmalar için geçerli bir durumdur.

Aşağıdaki önerileri tecrübe edebilirsiniz:

- Bir hafta boyunca birbirinize yalnızca "Siz" diye hitap edin ve bu kuralın ihlal edildiği her sefer için eğlenceli bir ceza düşünün. Bu uygulama gündelik hayatın rutinini kırmaya ve sevdiğiniz kişiye bakışınızı değiştirmeye yardımcı olacaktır.
- Arada sırada kısa ayrılıklara izin verin. Her ne kadar çelişkili görünse de, ilişkinizde her şey yolundayken bile birbirinizden birkaç gün ayrı kalmanız sizi yakınlaştıracak ve bağlılığınızın ne kadar önemli olduğunun farkına varmanızı sağlayacaktır.

61
Yürüyüşe çıkmak

İlişkilerde çatışmaları zaman kaybetmeden masaya yatırmak en az onları çıkmaz ayın son çarşambasına havale etmek kadar zararlı olabilir. Öfkenin ateşine kapıldığımızda veya umutsuzluğun buz kesen rüzgarına yakalandığımızda birbirimizi dinleyecek ve birbirimizde açtığımız yaraları anlayacak halde olmayız. En iyisi bulutlar dağılıncaya kadar birkaç saat beklemektir.

İlişkinizde karşılaştığınız birçok sorunu sadece yan yana yürüyerek ve ağzınızdan çıkanları sınırlayarak çözebilirsiniz. Budistlerin "bilinçli yürüyüş" adını verdikleri ve kendileriyle olduğu kadar içinde bulundukları çevreyle de temas kurmak için uyguladıkları benzer bir etkinlikleri vardır. Atılan adımlar, yolda ilerledikçe, düşüncenin önünü açar. Öyleyse siz de tartışmanızdan birkaç saat sonra barışma yolunda adım atmaktan çekinmeyin.

Aynı hızda yürüyün. Bir sürelik sessizlikten sonra el ele tutuşun (bu hareketin hiçbir tehlikesi yoktur); az ve yavaş yavaş konuşun. Ses tonunuzu ve vurgularınızı yumuşatmak ve "Öfkeli olduğum için kendimi iyi hissetmiyorum. Seninle birlikte mutlu ve güler yüzlü bir hayat kurmak istiyorum. Ama bunu senin yardımın olmadan yapamam" türünde barışçıl mesajlar vermek için çaba gösterin.

Eğer üzerinizde gerçekten çok büyük bir baskı hissediyorsanız, sözle anlatabileceğinizden emin olmadığınız şeyleri yazılı olarak ifade etmek için partnerinize bir mektup yazın.

62
Evimize hoş geldiniz

Sevgi ve hoş bir sofra arasında görme, duyma ve koku alma duyularını mutluluk hissiyle harmanlayan bir ilişki vardır. "Seni seviyorum, seni yiyorum. Seni yiyorum, çünkü seni seviyorum. Seni seviyorum, çünkü seni yiyorum." Libidomuz dünyevi şeyleri başka şeylerle katıştırmaya dayanan bu ilksel ihtiyaç çevresinde döner durur.

Bu gece akşam yemeğinde önemli bir konuğunuz var. Bilin bakalım kim? Partneriniz! Kendinize özgü beceri ve inceliğinizle midesine bayram ettirecek yemekler hazırladınız. Zencefilde kızarmış karides, mantarlı kaz ciğeri ezmesi, çeşit çeşit meyve ve hepsinin yanında yıllanmış bir şarap... Sevgilinizi hayran bırakacak mönüyü oluşturmak size kalmış. Rahat rahat, telaş etmeden çalışın. Ötekini mutlu etmek için geçirilen zamanın tadını çıkarmanın apayrı bir keyfi vardır.

Hazırlıklar sırasında partnerinizden sizi evde yalnız bırakmasını rica edin ve ona akşam yemeği için randevu verin. Belirlediğiniz saatten biraz önce güzelce giyinin, mumları yakın ve hafif bir müzik açın. Sevgiliniz kapıyı çaldığında onu öpün, getirmezlik etmeyeceği çiçekleri veya küçük hediyeyi kabul edin ve sanki ilk defa baş başa kalmak üzere buluşuyormuşsunuz gibi onu ağırbaşlı bir tavırla içeri davet edin. Öte yandan partneriniz de kibar ve terbiyeli bir konuk gibi davranacak ve mükemmel aşçılığınız, vb. konularda komplimanlarını sizden esirgemeyecektir.

Çiftler için özellikle canlandırıcı bir etkisi olan bu fikri istediğiniz gibi süsleyebilir, çeşitlendirebilirsiniz. İdeali, kendimizi sürekli olarak birbirimizin konuğu olarak görmektir. Bu da aslında oldukça doğru bir ilkedir: Aslında bu temelde oldukça doğru bir prensiptir: Sen nasıl beni hayatına davet ediyorsan, ben de seni hayatıma çağırıyorum. Gerçek aşkın kanıtı değil midir bu?

63
Şiddetsiz iletişim

İlişkimizde anlaşmazlık ya da çatışma baş gösterdiği durumlarda ortaya koyduğumuz çözümlerin genellikle ne kadar boş olduğunu, acı verdiğini, hatta istediğimizin tam tersi bir etki yarattığını hiç fark ettiniz mi? Sanki ne kadar çok konuşursak birbirimizi o kadar az duyuyoruz ve haklı çıkmak istedikçe... karşımızdakinin hakkından geliyoruz.

Şiddete başvurmadan iletişim kurmak partnerimizin yaptığı veya söylediği şeyi yargılamamak, değerlendirmemek ya da analiz etmemek anlamına geldiği gibi dikkatimizi kendi hissettiklerimiz üzerinde yoğunlaştırmak ve ihtiyaçlarımızı ortaya koymak demektir.

Tüm çatışmalar birbirinden farklı olsa bile, kendinizi gereksiz yere harap etmenizi engellemek için aşağıda belirtilen yöntemi izlemeniz faydalı olacaktır. Bu yöntem klinik psikoloji doktoru ve Şiddetsiz İletişim için Eğitim Merkezi müdürü Marshall Rosenberg'in çalışmaları sonucunda ortaya çıkmıştır*. Yöntemin başlıca dört aşaması vardır:

---

* Marshall Rosenberg'in *Şiddetsiz İletişim* adlı kitabı, Sistem Yayıncılık tarafından yayınlandı –E.N.

1. Durumun tanımlanması: Neler oluyor?

   "Sibel'in yaş gününde gece boyunca benimle tek bir kelime bile konuşmadın."

2. Duyguların ifade edilmesi: Ne hissediyorum?

   "Hayal kırıklığına uğradım ve kızdım."

3. İhtiyaçların analiz edilmesi: Benim için önemli olan ne?

   "Yanındayken, varolduğumu hissetmeye ihtiyacım var."

4. Bir isteğin dile getirilmesi: Gelecekte ne olmasını arzu ediyorum?

   "İleride bana biraz daha fazla zaman ayırabilir misin?

Bu yöntem geleneksel koşullanmalarımızı ve alışılmış tepki zincirimizi kırar. Ayrıca ilişkimizi korumamıza yardım edebilir ve açmaza düştüğümüzde bundan çıkabilecek gücümüz olduğuna yeniden güven duymamızı sağlayabilir.

64
Aşk sutrası

"Sutra" kelimesi Sanskrit dilinde bir ilke veya bir dersi ufacık bir özet halinde ifade eden yoğun bir formüldür. En iyi sutralar en fazla arıtılabilenlerdir.

İki veya üç satırlık kendi aşk sutranızı kağıttan bir şeride çini mürekkebiyle yazın. Yüreğinizden gelen, sevgilinizi bağrınıza basma arzunuzu ve duygularınızı içten bir şekilde dile getiren kelimeler kullanın. Örneğin:

"Her günü seninle beraber yaşamak içimi mutlulukla dolduruyor. Hava ister bulutlu olsun ister güneşli, seni gerçekten seviyorum ve yanımda olduğunu görmek bana gurur veriyor."

Kağıt şeridinizi rulo yaparak cebinizde veya yalnızca kendinizin bildiği bir yerde saklayacağınız ufak bir tüpün içine koyun. Sutranızı her sabah derin derin soluyarak okuyun. Ayrıca ilişkinizde bir sıkıntı olduğunu hissettiğiniz her seferinde sutranızı bu şekilde tekrarlayın. Bu, partnerinize duyduğunuz sevginin bilincine varmanıza ve uzlaşmak için gerekli olan dinginliğe ulaşmanıza yardımcı olacaktır.

65
Kullanım kılavuzu

Partnerinizin sizi anlamadığını, sizi tam olarak tanımadığını, yeterince dikkate almadığını belki de zaman zaman hissettiğiniz olmuştur. Bu tip yorumların şaşırtıcı hiçbir tarafı yoktur, zira hepimiz tutumlarımızın ve davranışlarımızın bizim onları algıladığımız gibi olduklarına inanırız. Başkaları tarafından çok kolay bir şekilde anlaşılacağımızı düşünürüz, ama bu büyük bir yanılgıdır.

İşte şimdi, nasıl "çalıştığınızı" netleştirmenize yardımcı olmak için size bir önerimiz olacak: Kendi kullanım kılavuzunuzu kaleme alacaksınız. Bunu yapabilecek en uygun kişi ne de olsa siz değil misiniz? Dikkat, burada söz konusu olan, çağdaş tüm dilleri –metinler, illüstrasyonlar, sayısal veriler, matematiksel semboller, grafikler, vb.– kullanabilecek pratik bir belge yaratmaktır.

"Elinizde piyasadaki en özellikli partneri bulundurmaktasınız. Bu mükemmel seçiminizden dolayı sizi tebrik ederiz! Ama en tatminkar sonuçları almak için ürünle ilgili kimi uyarı ve önlemleri göz önünde bulundurmanız gerekiyor..." Kendinizle dalga geçmekten ve mizah duygunuzu göstermekten çekinmeyin. Eğer belgenize profesyonel bir hava katmak isterseniz, bunu bilgisayar yardımıyla yapabilirsiniz.

Kullanım kılavuzunuzu hazırlarken aşağıdaki plandan esinlenebilirsiniz:

1. Tanım/tasvir.
2. Tesisat.
3. Çalışma biçimi.
4. Ayarlamalar.
5. Bakım.
6. Onarım/arıza giderme.

Kullanım kılavuzunuzu partnerinizinkiyle değiş tokuş edin ve kullanım hatalarına çok fazla önem atfetmekten kaçının. Arıza durumunda hasarlı parçayı değiştirin ya da garantiden faydalanın!

66
Sonsuz güven

Partnerinize körü körüne güveniyor musunuz? İşte bu sorunun yanıtını bulmanıza yardımcı olacak, çok bilinen bir oyun. Bu oyunu bir apartman dairesinde, bir panayır sırasında, parkta veya ormanda oynayabilirsiniz. Camları koyu renkli bir güneş gözlüğüne veya kalın bir fulara ihtiyacınız var. Seçtiğiniz mekana göre bu oyunu giysilerinizi fora edip oynamayı da tercih edebilirsiniz: Bu şekilde her şeyi çok daha yoğun hissedeceğinizi garanti ediyoruz!

Oyun şundan ibaret: İkinizden biri görmüyor ve partnerinin eline, omzuna veya böbreklerinin arasındaki boşluğa dokunarak, onunla arasındaki tek teması parmaklarıyla sağlıyor. Rehberin buradaki görevi takım arkadaşının içini rahat ettirip onu tehlikelerden uzak tutarak ilerlemesine tatlılıkla ve etkili bir şekilde yardım etmek. Rehber ayrıca geçtikleri yerleri ve manzarayı –buralar ister gerçek olsun ister hayali– tarif ederek partnerinin bunları zihninde canlandırmasına yardım edebilir.

Bu oyun, camlarını iç taraftan bantlayarak dışarıyı görmeyi imkansız kıldığınız bir güneş gözlüğüyle, hele de kalabalık bir yerde oynandığında oldukça hoşunuza gidecek ve sizi eğlendirecektir. Ayrıca güvensizlik duygumuz hakkında çok fazla şeyi açığa çıkarır. Karşınızdakine ve kendinize gerçekten güveniyor musunuz? Alıştırmanın sonunda sohbet etmek için biraz zaman ayırın.

AŞKTA SUÇ ORTAKLIĞI

Bir parça çılgınlığın ve şiirin kimseye bir zararı dokunmaz! Tam tersine, sıra dışı şeyler yapmak aşk içindeki doğal uyumu ve elbirliğini başka hiçbir şeyle kıyaslanamayacak kadar güçlendirir. Ama geleneksel rollerinizden çıkıp yeni oluşumların içine el ele ve komplekslerinizden tamamen arınmış olarak atılmaya cesaretiniz var mı? Sahneye çıkmanız gerektiğinde utanç veya güvensizlik hissediyor musunuz? Şimdiye kadar bu soruları fazla tereddüt etmeden yanıtlamanızı sağlayacak kadar çok yaratıcılık ve doğaçlama oyunu denediniz. Yolun neredesiniz?

"Dünyaya senden başlayarak evet dedim." Fransız şair Paul Éluard'a borçlu olduğumuz bu harikulade ilan-ı aşk bizi ikili ilişkinin başka bir boyutu konusunda aydınlatır: Kendimizi birlikte ortaya koymak, değiştirmek, dünyaya "teslim etmek" olasılığı. Bu bölümdeki işbirliği oyunlarına cesaret edin... Kendinizi ve birbirinizi başka bir gözle göreceksiniz!

67
Sana duyduğum aşk

İşte bir parça kişisel rahatlık gerektiren ufak bir doğaçlama oyunu. Ama burada sözü edilen rahatlık o kadar az miktarda ki bir sorun yaratmayacaktır.

Yerde duran hayali bir sandığın önünde diz çökün. Eğer yardımcı olacaksa, bu nesneyi bir karton kutu veya bir seyahat çantası yardımıyla somutlaştırın. Partneriniz geride duracak ve sizi izleyecek. Sizi dinleyecek ve anlayış gösterecek. Doğal olarak yargıların, değerlendirmelerin, alayların veya savunmacı analizlerin bu esnada kesinlikle arzu edilmediğini anlamışsınızdır. Rolleri arka arkaya veya birkaç gün sonra –sizin için en uygun formül hangisiyse ona göre– değişeceksiniz.

Bu sandık partnerinize duyduğunuz aşkı simgeliyor. Siz, içinde bulunan somut ya da soyut tüm nesneleri, göze çarpan bütün anıları teker teker çıkarır gibi yapacak ve yüksek sesle betimleyeceksiniz. Kendinizi hiç sansürlemeden hayal gücünüzü serbest bırakın. Bu bir aşk oyunu, yazılı bir sınav değil. Kendinizi sakince ve sevecenlikle ifade edin. Telaffuz ettiğiniz kelimelerin tadını çıkarın.

Oyunu başlatmak için "Sana duyduğum aşkın içinde bak neler var..." cümlesini kullanın ve dökümünüze başlayın. Gülümsemeyi sürdürün. Arada bir durabilir, düşünmek için kendinize biraz zaman tanıyabilir ve aşkınızın sınırlarını anlamlı bir biçimde keşfettiğinizi düşündüğünüz an oyuna son verebilirsiniz.

Bu oyun çoğu zaman dinleyen taraf için bir keşif anlamına gelir. "Bak sen, bunu hatırlıyor; bu olay aklında yer etmiş; şu hareketime veya bu tutumuma hassasiyet göstermiş." Genellikle beraber yaşadığımız insana dair her şeyi bildiğimizi düşünürüz. Elbette bu doğru değildir. Onun mahremiyetini paylaşsak bile partnerimiz asla şeffaf olamaz. Her zaman gizemli bir tarafı kalacaktır. Zenginliği ile cazibesinin nedeni de işte budur.

68
İki yabancı

Kalabalık içinde birbirimize karşı sanki birer yabancıymışız gibi davranma oyunu eşine nadir rastlanan zevklerden biridir. Bu gizli uygulama eşler arasındaki samimiyeti güçlendirir. Eğer utanma veya suçluluk duyma gibi karanlık nedenlerden ötürü bu oyundan vazgeçiyorsanız gerçek bir zevki kaçırıyorsunuz demektir. Bir parça çılgınlıktan kime zarar gelmiş?

Seçtiğiniz mekanın pek önemi yok: Bir kafenin terası, büyük bir alışveriş merkezi, müze, otopark veya tren garının bekleme salonu. Nerede oynarsanız oynayın, sahne hoşunuza gidecektir.

Hazırlamak istediğiniz sahne üzerinde önceden anlaşabileceğiniz gibi o anki ruh halinize ya da dürtülerinize göre doğaçlama da yapabilirsiniz. Bu ikinci olasılık karşınıza çıkacak sürprizler sayesinde birbirinizi yeniden keşfetmenize önayak olabilir.

İlk denemeniz için erotik boyutları ve verdikleri zevk ile bizim özellikle hoşumuza giden senaryolardan, ihtiyacınız veya arzunuz doğrultusunda, faydalanabilirsiniz.

Baştan çıkarma oyunu

Bir barda kaçamak bakışlar ve beceriksiz yakınlaşma girişimleri.

Bir resim sergisinde hafif ve kaçamak dokunuşlar, belli belirsiz bir kovalamaca.

İtalyan tarzı kur yapma.

Karşıtlık oyunu

Sözlü kavganın ardından itişip kakışma.

Ötekinin diyalog kurma yönündeki tüm çabalarına rağmen taraflardan birinin suskunluğu.

Taraflardan birinin diğerine kimi bilgiler danışmasının ardından ortaya çıkan buz gibi bir diyalog.

Uzun bir bekleme kuyruğunda diğerlerinin önüne geçmek.

Yine de sizi bir konuda uyarma ihtiyacı duyuyoruz: Çevrenizdeki insanların bu küçük aşk oyununuz hakkında en ufak bir fikirleri dahi olmadığını unutmayın. Arzu edilmeyen dış müdahalelere yol açmamak için abartmamaya gayret edin ve oyunun sonunu tatlıya bağlayın.

69

Aşk yeni bir gözlük gibidir

Mecazlar farklı anlamlara sahip iki terimi, iki içeriği kesiştiren sözel bir yöntemdir. Bu kesişmeden bize hiç de yabancı gelmeyen yeni bir bakış açısı doğar. İşte bu da olayları ve şeyleri anlayış biçimimizi zenginleştirecek ve zihnimizin gelişmesini sağlayacaktır.

Mecazlar arasında birlikte hoşça vakit geçirebilirsiniz. Bu hem nöronlarınıza iyi gelecek hem de aranızdaki işbirliğini güçlendirecektir. Örneğin aşk teması üzerinde karşılaştırmalar ortaya koymaya çalışın. "Aşk .....-e benzer" veya "Aşk ..... gibidir" benzeri cümleler kurun. Düşüncelerinizi sınırlandırmaksızın hayal gücünüzü özgür bırakın. Sizi bu konuda bir parça aydınlatmak için kendi eserimiz olan üç metaforu aşağıda veriyoruz. Siz de kendinizinkileri yaratın!

Aşk yeni bir gözlük gibidir. Başlangıçta alışmak için biraz zaman geçmesi gerekir, ama dünya gözümüze ışıl ışıl görünür... Aradan zaman geçince onu artık düşünmemeye, orada burada unutmaya başlarız ve bazen tekrar bulabilmek için bir süre etrafta aranmamız gerekir.

Aşk bize uzaktan göz süzen ve gülümsememizi sağlayan bir yıldız gibidir.

Aşk bisiklete binmeyi öğrenmek gibidir: Becerememekten öylesine korkarız ki girişimde bulunmakta bile tereddüt ederiz. Ama sonra hissettiklerimiz bizi öylesine mest eder ki hiç bitmesin isteriz. Ve çoğu zaman gücümüz konusunda önyargılara kapılırız.

Metaforlarınızı ufak bir deftere not edin; defterin sayfalarını arada bir karıştırmaktan büyük zevk alacaksınız.

Kullandığımız mecazlar kişiliğimizin bir parçasını açığa çıkarır. Düşüncelerimize rehberlik eder ve hissettiklerimizi daha kolay ifade etmemize yardımcı olurlar. Ancak dikkatli olmazsak zihnimizi kalın parmaklıklar arkasına hapis de edebilirler.

70

Tersine dünya

"Ben sen olacağım, sen de ben..." Bu oyunda size önerdiğimiz rol değişimi gündelik hayatın gerçeklik kurallarının bir süreliğine askıya alındığı ve insanların bambaşka bir şeye dönüşme fantezilerini özgür bıraktığı bir karnaval dönemini anımsatır. Böyle dönemlerin tarafların birbirini anlaması, karşılıklı zenginleştirmesi ve ilişkiye soluk aldırmaları açısından faydalı olduğuna inanıyoruz. Ama yine de ilişkinizde sorun yaşıyorsanız, bir çatışma söz konusuysa veya kurallar sizi rahatsız ettiyse bu oyunu oynamayın. Yapılması gerekenleri şimdi anlatıyoruz:

Baş başa olacağınız bir zaman diliminde, her ikiniz de, partnerinizin kılığına girin ve onun kimliğine bürünün. Onun giysilerini sırtınıza geçirin; hareketlerini, tutumlarını, tuhaf alışkanlıklarını, konuşma ve gülme tarzını takının... Sevgilinizin küçük kusurlarıyla tatlılıkla dalganızı geçin ama onun şefkatli, sevecen ve aydınlık taraflarını da göstermezlik etmeyin. O da aynı şeyi sizin için yapacak.

Sakın endişelenmeyin. Bu oyun cinsel kimlikleriniz açısından hiçbir risk taşımıyor ve eğer bu tecrübenin ardından hızla kendi kimliğinize bürünüyorsanız, bu, kişiliğinizin bastırdığınız bir tarafının aydınlanmış olduğunu gösterir. Oyunu istediğiniz kadar sürdürün ve size şahsi açıdan olduğu kadar aşk ilişkiniz çerçevesinde de neler kazandırdığı üzerinde durun.

71
Beyin fırtınası

Kendimize sorduğumuz bir sorunun tek bir doğru cevabı bulunduğuna ve çözmemiz gereken bir sorunla karşılaştığımızda izlememiz gereken tek bir yol olduğuna inanmaya itiliriz genellikle. Bizi tek tip düşünceye götüren bu zihinsel alışkanlık yaratıcı sezgilerimizi de ciddi şekilde sakatlar ve bizi "her zaman aynı şeyin daha fazlası"nı yapmaya iter.

İşte klasik hareket tarzınızdan uzaklaşmanızı ve ilişkinizin zenginliğini keşfetmenizi sağlayacak bir alıştırma. İki kişilik beyin fırtınasının işleyiş tarzı şöyle: Kendinize bir çıkış noktası belirleyecek ve bu noktadan itibaren kendi düşüncelerinizi partnerinizin düşünceleriyle bağdaştırarak ve kelimelerle oynayarak yaratıcı bir şekilde muhakeme edeceksiniz.

Karşı tarafın önerdiklerini tartışmanızın, yargılamanızın veya analiz etmenizin yasak olduğunu göz önünde bulundurarak, her ikiniz de fikirlerinizi ortaya atacaksınız. Burada amaç hiçbir yargıda bulunmadan ve en küçük bir engel çıkarmadan maksimum sayıda unsur ortaya koymaktır. İster tuhaf olsunlar ister gülünç, tüm fikirler söylenmeye değer. Not almak güç ve can sıkıcı bir iş olacağından, sesinizi teybe kaydetmeyi tercih edebilirsiniz. Şimdi tüm kuruntularınızdan arınarak, hayal gücünüze ve yaratıcılığınıza serbestçe at koşturabilirsiniz. Denemeniz için önereceğimiz bazı konular şunlar:

- Eller olmadan aşk.
- Gizli buluşmalar.
- Kimlik değişimi.
- Alışveriş merkezinde erotik saklambaç.
- Şefkat ritüelleri.

Beyin fırtınasını fikirlerinizi paylaşmak, beraber bir proje oluşturmak, bir soruna çözüm bulmak veya herhangi bir konuda karar almak için kullanabilirsiniz.

72

Anlaşmalı füzyon

Yaşamımızın "çocukluk" sayfasını hiçbir zaman bütünüyle ya da kesin olarak çevirip başka bir sayfaya geçemeyiz. Partnerimizle aramızdaki fiziksel yakınlık bize küçük bir çocukken hissettiğimiz duyguları anımsatır ve kelimeler, kabuk bağladıklarını düşündüğümüz yaraları kanattıkları için, kimi zaman kulağımızı tırmalayarak üzerimizde güçlü bir etki yaratırlar. Woody Allen'a göre "Aşık olduğumuzda, sevdiğimiz insan aracılığıyla ebeveynlerimizi bulmaya çalışırız". Peki ama kendi ana babalarımızın neden olduğu zarar ziyanı gidermesini partnerimizden talep edebilir miyiz?

Bu senaryoda çocuklar tarafından çok sevilen evcilik oyununu oynayarak ana baba rolünü canlandıracak, ama kendi geçmişinizin sarsıcı veya acı verici sahnelerini oynamaktan kaçınacaksınız. Burada söz konusu olan, kendinizi çelişik bir konuma yerleştirerek partnerinizin sizin ne anneniz ne de babanız olduğunun bilincine varmak ve birlikte yapacağınız daha başka şeyler bulunduğunu fark etmek. Kendi geçmişinizi göz önünde bulundurduğunuzda bir anlamı olan olumlu durumlar seçmeye gayret edin. Partneriniz sizin talimatlarınız doğrultusunda annenizi veya babanızı canlandıracak; siz de çocuk olacaksınız. Başka bir gün rolleri değişeceksiniz. İşte deneyebileceğiniz birkaç öneri:

- Bebeğini okşayarak emziren anne.
- Kızgınlıkla bakan veya sizi dondurmacıya götüren ya da dizleri üzerinde zıplatan baba.
- Uykunuz gelsin diye anlatılan masal.
- Anne veya babanın çocuğu yıkayıp temizlemesi.
- Anne veya babanın pasta/börek veya herhangi bir şey yapımında (çocuğa) yol göstermesi, yardım etmesi.

Arada bir, otuz dakikalığına, sizi birbirinize yakınlaştıracak bu füzyon/kaynaşma dalgalarına zaman ayırın. Bu alıştırma henüz kimseyi öldürmediği gibi moralinizi de düzeltecektir. Kaldı ki, işin içyüzünü bilerek bebek rolü yapmak, partneri tarafından pışpışlandığının farkına varmadan yaşamaktan çok daha iyidir.

73
Kelimelere takılmak

İşte işbirliğinizi ve aranızda sezgisel olarak iletişim kurma arzunuzu güçlendirecek olan bir oyun. Akşamları uykuya dalmadan önce, yorganın altında, kelimeleri birbirinizin kulağına fısıldayarak oynayabileceğiniz bu hoş oyunu çok seveceksiniz...

Kurala göre yalnızca isimler kullanarak, sözdizimi olmaksızın, bir öykü uyduracaksınız. Lütfen biraz çaba sarf edin ve başı sonu olmayan kelimeleri yan yana koymakla yetinmeyin. Biriniz sesli olarak bir kelime önererek oyunu başlatacak. Diğeri ilk sözcüğün mantığına ters düşmeyecek yeni bir kelime ekleyecek. Ve bu şekilde hikaye sona erene veya Cupido ya da Morpheus* sizi kucaklayana kadar devam edeceksiniz.

Oyuna başlamadan önce iki sesli anlatınız için romantik, eğlenceli, erotik veya başka bir özellikte karar kılabilir ve hikayenizi belirli bir kelime sayısıyla sınırlandırabilirsiniz. Yaratıcılığınızı göstermekten çekinmeyin ve partnerinizi tatlılıkla tuzağa düşürecek kelimeler önermekte tereddüt etmeyin.

---

* Cupido(n): Aşk tanrısı Eros'a Romalıların verdiği ad. Sözcük olarak *arzu* anlamına gelir. Morpheus: Düş tanrısı. Uyku tanrısı Hypnos'un üç bin çocuğundan biridir –Ç.N.

Kelimelerinize neden okşamalar da eklemeyesiniz? Bu ikisi birbirleri için biçilmiş kaftandır!

Yirmi kelimelik muzip bir öykü örneği:

Gece - otoyol - yaz - tatil - arzu - bakış - kıvılcım - suç ortağı - durma - otopark - acele - kamyoncu - röntgenci - gazeteler - ön cam - el freni – frenin boşalması - yamaç - ağaç - bravo.

74
Küçük kağıtlar

Bir hafta boyunca akşam saat dokuz ile dokuz buçuk arası seksi, tatlı, sevgi dolu, aşık veya gönül okşayıcı olmak hoşunuza gider miydi? Horuldayan çiftler için özellikle önerilen bu küçük oyun tam size göre.

Beraber, ufak kağıt parçalarına aşk, şefkat, cinsellik konularına gönderme yapan sıfatlar veya sıfat-fiiller yazın. Kağıtları katlayın ve gizli bir yerde saklayacağınız cam bir kavanozun içine koyun. İşte şimdi ne yapacağınızı söylüyoruz: Her pazar günü kavanozdaki katlı kağıtlardan birini rasgele çekin. O gün sıra kimdeyse, o, her gün sizin tarafınızdan belirlenen bir saatte ve yarım saat boyunca "kağıtta ne yazıyorsa o" olmak için uğraşacak. Sıra bir hafta birinizde, öteki hafta diğerinizde olacak. Kullandığınız kağıtları çöpe atmayı da unutmayın.

Bu alıştırma çerçevesinde, durumunuzun müsait olup olmadığına ve kişisel zevklerinize bağlı olarak, küçük kağıtlarınızı yazarken özgür davranın. Örneğin sıfatları sıkça değiştirebilir veya kendinizi erotik oyunlarla sınırlandırabilirsiniz. Nasıl arzu ediyorsanız öyle yapın... Ne olursa olsun güleceğinizi ve kesinlikle şaşıracağınızı garanti ediyoruz.

BİRLİKTE GÜLMEK

Milton Erikson'ın şu öğüdünü hiç unutmayın: "Hayatımıza ne kadar mizah sokarsak, kendimizi o kadar iyi hissederiz." Ama bir gün boyunca kaç defa gülme ya da hiç değilse gülümseme fırsatını yakalıyoruz? Dünyanın pek de eğlenceli ve şen şakrak olmadığı, zamanımızın büyük kısmının statümüzü korumak için ciddi ve mantıklı işler yaparak geçtiği konusunda sizinle aynı fikirdeyiz. Hatta bazen kendimizi iyi hissetmiyorsak bunun nedeni büyük olasılıkla gülümseme, neşelenme ve soytarılık etme yeteneğimizi yitirmiş olmamızdır. Yine de...

Gülmek insanı mutlu eder. Gündelik hayatın gerilimini atmaya yardımcı olur ve ortamı rahatlatır. İlişkiler için gerçek bir ilaçtır ve eğer önemini göz ardı ediyorsak, kendimizi hiç kuşkusuz çok güçlü bir aşk iksirinden mahrum bırakıyoruz demektir. Bizim açımızdan şu şüphe götürmez: Birlikte gülmek birbirini sevmenin sağlıklı bir yoludur. İşte bu yüzden, çılgınca eğlenmeniz ve eğlence ruhunu kaybetmemeniz için, bu bölümde size bir dolu gırgır oyun öneriyoruz.

75
Eşzamanlılık

İşte aranızda sıkı bir işbirliği gerektiren ve yaptığınızda arkadaşlarınızı şaşırtacak komik bir numara. Kendinizi tepeden tırnağa görebileceğiniz bir aynanın önünde hazırlanabilirsiniz.

İkinizden daha uzun boylu veya iri yapılı olanı ön tarafa geçerek ses ve mimikleri üstlenecek. Diğeri de arkada durup kollarını birincinin koltukaltlarından geçirecek; kollarını ve ellerini kullanarak görüntü ile jestlerden sorumlu olacak.

İki uygulamadan birini tercih edebilirsiniz: Ya önde duran bir hikaye uydurur ve arkasındaki çok vurgulu el kol hareketleriyle ona eşlik eder ya da arkadakinin yaptığı jestlere göre öndeki doğaçlama yapar. Seçim size kalmış...

Bu oyunu pleybek yaparak da oynayabilirsiniz. Örneğin *Il était une fois* adlı Fransız grubun *J'ai encore rêvé d'elle* isimli şarkısını deneyebilirsiniz*. Çok eğleneceksiniz!

---

* Okurlarımız belki de *Nazan Öncel*'in şarkısı *Hay hay*'ı yeğlerler! Ç.N.

76
Gözlerin çok güzel, biliyor musun?

Partnerinizle yeni bir aşk randevusu yaşamayı arzuluyor musunuz? İştahınızı gidermek için size güzel bir ikramımız var...

Fransız sinemacı Marcel Carné'nin 1938 yılında çektiği *Quai des brumes* (Sisler rıhtımı) adlı filmde firari asker Jean (Jean Gabin) bir öksüz olan genç Nelly (Michèle Morgan) ile büyük bir aşk yaşıyor. Size, partnerinizle birlikte, filmin kült sahnelerinden birini canlandırmayı öneriyoruz. Olay bir panayırda geçiyor. Nelly ve Jean birbirlerine duydukları aşkı itiraf ediyorlar.

Aşağıdaki metni ezberleyin –bu yalnızca birkaç dakikanızı alır–, uygun mekanı seçin, kişiliklerin kimliğine bürünün ve doğaçlayın!

Jean: Benimleyken kendini iyi hissediyor musun?

Nelly: Sizinle beraberken kendimi ne kadar iyi hissettiğimi bilemezsiniz: Nefes alıyorum. Yaşadığımı hissediyorum. Mutluluk dedikleri bu olmalı!

Jean: (Güler) Bütün bu dediklerin çok anlamsız! Bunu benden başka birine söyleseydin, aptalca olduğunu düşünürdüm. Ama bana söylüyorsun ve, ne tuhaftır ki, hoşuma gidiyor!

Nelly: ...

Jean: Gözlerin çok güzel, biliyor musun?

Nelly: Öpün beni!

Jean: ...

Öpüşürler.

Bu oyunu sevgi dolu kavuşmalarda veya, anlaşmazlık durumunda, barışçıl bir diyalog başlatmak için kullanabilirsiniz. Bu uygulamanın ilişkinizin ihtiyaçlarını karşılayıp karşılamadığına siz karar vereceksiniz.

Eğer bu tip mizansenler hoşunuza gittiyse, sinemadan veya edebiyattan aşk sahneleri aşırmaktan çekinmeyin. Biz bunun kimi kederli ruhların iddia ettiği gibi yaratıcılık yoksunluğundan kaynaklandığını kesinlikle düşünmüyor, tersine oldukça candan ve sevimli buluyoruz. Bir parça mizah hayata renk katar.

77
Ekspres tanışmalar

Genç kentliler arasındaki ilişkileri güçlendirmek amacıyla ABD'de New Yorklu bir haham tarafından başlatılan ve büyük yankı bulan "bekarlar için tanışma geceleri düzenleme modası" sınırlarını çoktan aştı. Prensip şu: Eğer olumlu bir elektrik alıyorsanız, karşınızdaki insan üzerinde iyi bir izlenim bırakmak ve onu etkilemeye çalışmak için belli bir süreniz var (genellikle yedi dakika). Bu *fast-food* tadındaki tanışmalardan esinlenerek, size özellikle eğlendirici ve canlandırıcı küçük bir doğaçlama oyunu öneriyoruz.

Her ikiniz de, ayrı ayrı, canlandırmaktan hoşlanacağınız üç farklı karakter oluşturacak ve bunların adlarını veya kimliklerini tespit etmenizi sağlayacak bir anahtar sözcüğü bir kağıt parçasına not edeceksiniz (her kağıt parçasına bir karakter). Kişilerinizi oluşturmak için kendinize süre tanıyın: Onlara bir meslek verin; kişilik özelliklerini, kusurlarını ve geçmişlerini tasarlayın. Ardından, her ikiniz de, elinizdeki kağıtları iki ayrı zarfa koyun. Bir kronometre, iki sayfa boş kağıt ve kalem hazırlayın. Kural şu: Yedi dakikalık bölümler halinde bir dizi canlı tablo oluşturacaksınız. Her seferinde yarattığınız karakterlerden birini zarflardan kurayla seçecek ve partnerinizin kendisi için seçtiği karakterle buluşmaya gideceksiniz. Bu iki karakterin sohbetini tam yedi dakika boyunca doğaçlama olarak gerçekleştireceksiniz. Buluşmanın sonunda düşünce ve değerlendirmelerinizi not edin. Birkaç dakikalığına gevşeyin ve sıradaki karakterlere geçin.

Tutarlılığı kaybetmeksizin hızlı bir şekilde rol değiştirmek yoğun ve sürekli bir dikkat gerektirir. Başlangıçta kendinizi oyun/gece başına bir veya iki karakterle sınırlandırabilirsiniz. Eğer yardımcı olacaksa kılık değiştirebilirsiniz. Bu oyunu önce kendi evinizde deneyin; sonra bir çay salonunda veya parkta oynayın. Çok keyif alacaksınız.

78

Şarkı söylemek lazım!

İyi bildiğiniz ve ikinizin de hoşuna giden bir şarkı seçin. Bu popüler bir nakarat, bir ninni veya bir aşk şarkısı olabilir; hiç önemli değil. Yalnızca ikinizin de bu şarkıyı iyi bilmesi gerekiyor.

Kimin başlayacağına karar verin: Oyunu başlatan kişi şarkının ilk müzikal cümlesini söyleyerek ses verecek. Örneğin *Şarkı söylemek lazım*'ı seçtiyseniz*, oyunu kim başlatacaksa "Hayat zorlaşınca" cümlesini melodisiyle söyleyecek. Ardından diğeriniz sıradaki cümleyi ara vermeden ve aynı tonda söyleyecek: "Çıkmaz sokaklarda soluksuz kalınca." Sıra tekrar birincide; o da üçüncü cümleyi söyleyecek: "Azalınca manadan." Ve şarkının sonuna kadar böyle gideceksiniz.

Daha zoru da var! Yukarıdaki alıştırmayı kolaylıkla yapmayı başardığınızda, aynı işi hecelerle deneyebilirsiniz. Burada da her biriniz, art arda, şarkının bir hecesini söyleyeceksiniz: "ha-yat-zor-laş-ın-ca-çık-maz-sok-ak-lar-da-sol-uk-suz-kal-ın-ca..." Şarkıyı kırpmamaya özen gösterin. Performansınızı değerlendirmek için sesinizi kaydedebilirsiniz. Dinlediğinizde akıcılığı hissetmeniz gerek.

---

* Çevirmenin tercihi. Söz-Müzik: Sezen Aksu.

İlk bakışta sanıldığından çok daha zor olan bu küçük oyun aktörlerin eğitiminde kullanılmaktadır. Birbirini dinlemeyi öğrettiği ve doğal uyumu güçlendirdiği gibi arabada veya el ele tutuşarak çıktığınız bir gezinti sırasında çok eğlenmenizi de sağlar.

79

Dublaj

Doğaçlama yapmayı seviyor musunuz?

Bu ses-görüntü eşleştirme oyunu, eğlenceli vakit geçirmenizi sağlamanın yanı sıra, sözel olmayan iletişimin ipuçlarını algılama biçiminizi keskinleştirmenize, doğru yer/doğru zaman duygunuzu geliştirmenize ve yeni durumlar tecrübe etmenize olanak tanır.

Konusu bir aşk hikayesi, evlilik içinde yaşanan sorunlar veya boşanma olan bir filmin kasetini veya diskini edinin. Uygun bir film bulmak için televizyon programına da bir göz atabilirsiniz. Bob Reiner'in *A Story of Us* adlı filmi (Türkiye'de *İkimizin Hikayesi* adıyla gösterime girmişti) kullanabileceğiniz iyi bir örnektir.

Oyun gereği filmin orijinal ses bandı yerine kendini seslerinizi koyacak ve ekranda gördüklerinizden yola çıkarak diyalogları doğaçlama olarak yaratacaksınız. Televizyonunuzun sesini kısın ve maceraya atılın!

Doğallığı mümkün olduğunca yakalayabilmek için, filmi önceden seyretmemeniz daha iyi olacaktır. Görüntülere dikkat edin, sabırlı olun ve partnerinizle tamamen uyumlu olabilmek için onun cümlelerini dinleyin.

80

Kelimelerin sırrı!

İlişkinizdeki samimiyeti ve işbirliğini güçlendiren, ayrıca gerçekten de eğlenceli olan oyunlar arasından bunu denemezlik etmeyin. Elbette bu oyunu başkalarıyla alay etmek için kullanmamaya özen göstereceksiniz. Eğlenmenize bakın ama etrafınızdakilere de illallah dedirtmeyin!

Oyunun prensibi şundan ibaret: Partnerinizle birlikte anlamı yalnızca ikiniz tarafından bilinecek olan ifadeler kararlaştıracaksınız. Başka kimse ne dediğinizi anlamayacağından birbirinize hınzır şeyler bile söyleyebilirsiniz. Örneğin "Çiçekler filiz vermiş" "Seninle sevişmek istiyorum" anlamına gelebilir; "İlk önce debriyaj bozulur": "Bu gece olmaz, başım ağrıyor".

Ancak iki konuda önlem almanız gerektiğini unutmayın. İlk olarak, burada verilen örnekleri kullanmaktan kaçının: Sizden başkaları da bu kitabı okumuş olabilir. İkincisi, ifadelerinizi düzenli olarak değiştirin/yenileyin ve yanılmaları engellemek için birbirinizi haberdar edin. Bir süre geçtikten sonra, etrafınızdakiler çiçeklerin filiz verdiğini üç yüz defa söylediğinizi duyduklarında bir şeylerden şüphelenmeye başlayacaklardır!

81
Söylenmeyi bilmek

İşte sözel olduğu kadar şiirsel ve birbirinize sevgi dolu sözler söylemeyi veya kızmayı öğretecek eğlenceli bir oyun. Oyun transpozisyon (başka bir bağlam ya da niteliğe oturtma) ilkesine göre işliyor ve hem öfkenizi boşaltmanıza hem de yeni aşk tümceleri yaratmanıza imkan tanıyor.

Hoşnutsuzluk ya da öfkenin ifade edilmesi kendi başına suçlanacak bir eylem değildir. Buna karşılık, partnerinizi küçük düşürdükleri gibi sizin de saygınlığınızı kaybetmenize neden olan ağır ve hakaret dolu sözler sarf etmek daha sorunlu bir durumun ortaya çıkmasına neden olabilir. Soğukkanlılıkla "tüysüz tarantula", "ınotorlu delik çorap" veya "pusudaki şaşkın havuç" gibi komik hakaretler bulun ve ilişkinizde her şey yolundayken bunları birbirinizin yüzüne karşı söyleyerek eğlenin. Birbirinize sinirlendiğinizde, zorunlu olarak bu ifadeleri kullanın. Gerilimin anında azaldığını göreceksiniz.

Şekere bulanmış aşk sözcüklerinin ve diğer klişeleşmiş ifadelerin vadesi çoktan doldu. Öyleyse "benim ateş gözlü kobram" veya "fiyakalı beçtavuğum" gibi daha çılgın ve gülünç çağrışımlar peşine düşün. Gerekirse bir sözlükten yardım alın veya Tenten'in dostu Kaptan Haddock'un formüllerine başvurun... Ve kafa kafaya verip yaratıcılığınızı konuşturun.

82

Taşı gediğine koymak

Bu oyun aktörlerin doğaçlama çalışırken sıkça kullandıkları bir ısınma alıştırmasıdır. Zihinsel kıvraklık ve hızlı bir adaptasyon yeteneği gerektirir.

İkinizden biri kaleci rolünü üstlenecek: Partneri tarafından kesintisiz olarak yöneltilen replikleri –bunlara anında uygun bir yanıt vererek– "yakalaması" gerekecek. Ama dikkat! Burada her ikiniz için de söz konusu olan, karşılıklı bir iletişim içindeki iki insanı canlandırmak. Konuları mümkün olduğunca çeşitlendirmeye gayret edin; espri yapmaktan ve farklı şiveler denemekten çekinmeyin. Özgürce oynamayı veya, gündelik hayatı konu alan aşağıdaki ironik diyalogda olduğu gibi, bir temaya bağlı kalmayı tercih edebilirsiniz.

- Pijamamı çıkarıyor muyum? (Bilgiç bir havayla)
- Ve kirli torbasına atıyorsun... (Otoriter bir sesle)
- O yaşlı kadını neredeyse eziyordun. (Sitemli bir tonda)
- Araban bayram ediyor! (Alaylı)
- Bu araba senin mi bacım? (Köylü aksanıyla)
- Zaten kötü durumdaydı, artık iyice hurda oldu!
- Seni seviyordum... (Pes etmiş)
- Buharda pişmiş brokolinden nefret ediyordum.

Bu alıştırma çok kısa bir süre içinde yorucu bir hal alabilir. Birkaç dakika oynadıktan sonra bir mola verin ve oyuncu-kaleci rollerini değişin. Her ne olursa olsun kendinizi oynamaktan kaçının: Oyunun sizi kör etmeden aydınlatması için ışığın suratınızın tam ortasına denk gelmemesi gerekir!

SATIR ARALARINI OKUMAK

İşbirliği ve sezgisel kavrayış iki kişilik bir mutluluğun küçük sırlarıdır. Örneğin partnerinizle aynı anda aynı şeyi düşündüğünüzü fark ettiğiniz ve sanki düşüncelerinizi birbirinize geçirebildiğiniz duygusuna kapıldığınız olmadı mı? İlişkilerin çoğunda kendimizi ötekiyle tam bir uyum içinde hissettiğimiz ve ona düşüncelerimizi, zihnimizdeki görüntüleri ve duygularımızı kelimeler olmaksızın iletebileceğimizi düşündüğümüz büyülü anlar yaşanır. Bilgiler dikkat çekmeyen ama ikimizin de aynı şekilde algıladığı bakışlarla veya küçük işaretlerle aktarılır ve bu durum her iki tarafta da benzer zihinsel süreçler başlatır.

Size burada, hem de eğlenceli ve esprili bir biçimde, birbirinizle alışılmadık bir yoldan iletişim kurmak için altıncı hissinizi kullanmayı öneriyoruz: Kahinlik, ak büyü, durugörü ve duyu-dışı algılama alıştırmaları... Oyunlarımızdan bazıları gülümsemenize neden olabilir, ama bunları kullandıkça sembolik boyutlarının gerçekten de değişimi beraberinde getirdiğini fark edeceksiniz. Arada bir kendinizi deneyin. Partnerinizle oluşturduğunuz birlikteliğin muhtemelen sizi gerçekten de şaşırtacak güçleri vardır.

83
Kahinlik

İskambil falı veya iskambil kağıtlarıyla gelecekten haber verme çok eski bir gelenektir ve şimdi bunu kendinize güzel şeyler söylemek için destek olarak kullanacaksınız. Önceki cümlemizin "güzel şeyler" kısmının üzerinde ısrarla duruyoruz. Kehanetlere veya kehanete dayalı oyunlara inanıp inanmamanızın hiçbir önemi yok. Bu oyunun amacı teşhiste bulunmak değil, birbirinize sembolik sevgi ve anlayış mesajları iletmeniz.

Dekora ve arka plana özen gösterin. Örneğin süregelen kültür ve inanışlara saygı göstererek mum ve tütsü yakın. Kehanetiniz için otuz iki kağıtlık bir deste kullanacaksınız. Partnerinizden kağıtları karıştırmasını, sonra da sol eliyle kesmesini isteyin. Bu önemli. İlk on üç kartı seçin ve soldan sağa yelpaze şeklinde açın. Aşağıdaki sembolik karşılıklara dayanarak falı yorumlayın:

- Kupa: Aşk, tutku.
- Karo: İş, eylem.
- Maça: İşin ya da eylemin gerçekleştirilmesi için sarf edilen enerji.
- Sinek: Eylemin etkileri veya elde edilen avantajlar, çıkarlar.

Geri kalan kısım için kartların sayılarına bakarak ve sezgilerinize dayanarak yorum yapın. Partnerinizi manipüle etmeye yönelik mesajlardan ve aşk diliyle kesinlikle uyuşmayan eleştirel imalardan elbette kaçınacaksınız.

84

Duyu-dışı algılama

A siyah, E beyaz, İ kırmızı, U yeşil, O mavi... Genç Arthur'un* renkli ünlüleri, sonuçlarıyla sizi büyük olasılıkla çok şaşırtacak olan bu duyu-dışı algılama deneyiminin dayanağını oluşturacak. Biriniz deneyci rolünü, diğerinizse zihin okuyucu rolünü üstleneceksiniz. Deneyci içinden bir sesli harf seçecek ve onu –gözü önündeki bir ekrana yansıtılmış gibi– bir renk olarak zihninde hayal edecek. Dikkatini bu harf üzerinde yoğunlaştıracak ve onu *düşünce aracılığıyla* partnerine iletmeyi arzulayacak. Öteki söz konusu harfin hangisi olduğunu tahmin etmeye çalışacak. Pek de kolay sayılmaz, değil mi?

Bu alıştırmayı beş defa tekrarlayın. Ardından deneyci ve zihin okuyucu rollerini değişin ve tekrar oynayın. Oyunun bitiminde puanlarınızı toplayın. On üzerinden kaç puan aldınız? Bu oyun başlarda keyfinizi kaçırabilir ve pek parlak sonuçlar elde edemeyebilirsiniz, ama alıştırma yapa yapa çok şaşırtıcı sonuçlara ulaşacaksınız.

Bu alıştırma duyu-dışı algılama seviyesindeki iletişime gönderme yapmaktadır. Güvenilir bilgi eksikliğinden dolayı kendimizi ifade edemediğimizi hissettiğimizde, malumat edin-

---

* Arthur Koestler –Ç.N.

mek için algılanamayacak kadar küçük ipuçlarına başvururuz ve bunu yaptığımızın bilincinde bile olmayız. Partnerimizi sezgilerimiz aracılığıyla ne kadar iyi tanıyorsak ve bu kavrayış ne kadar hassassa, bu tip denemelerde o kadar başarılı oluruz.

85
Ak büyü

Sahip olduğumuz değerler az çok bağlılık hissettiğimiz prensipler, anlamı olan ve bizim için önem taşıyan düşünceler veya yargılardır. Kendimize göre tutumlar belirlememize ve eylemlerimizi haklı çıkarmamıza olanak tanıyan değerlerimiz hayatımızı etkiler.

İkiniz de, ayrı ayrı, partnerinizin değerlerini büyüteç altında inceleyerek, bir kağıda bunların hangi açılardan kendi değerlerinizden daha aşağıda, daha kolaycı, daha az önemli olduklarını not edebilir misiniz? Bu iş için kendinize gereken zamanı tanıyın, acele etmeyin. Alıştırma boyunca kağıtlarınızı birbirinize vermeyin ve konuşmayın.

Bitirdiğinizde izleyen ritüeli gerçekleştirin: Ortasına içinde soğuk su bulunan küçük bir leğen koyduğunuz bir masada karşı karşıya oturun. İkiniz de kağıdınızı, yazılı yüzü içte kalacak şekilde, masanın üzerinde avuç içinizle yuvarlayarak küçük bir silindir haline getirin. Ardından, her ikiniz de, kağıt rulolarınızı yanan mumun üstüne aynı anda getirin ve alev almalarını sağlayın. Birbirinizin gözlerinin içine serinkanlılıkla bakarken, bunları leğenin üzerinde tutarak yanmaya bırakın.

Kağıdı en uzun süre yanan taraf, partnerine hitaben kendi seçtiği çok yumuşak bir jest yapacak. Su ve külle dolu leğeni tuvalete boşaltın, sifonu çekin ve iki dakikadan daha kısa sürmemek kaydıyla birbirinize sarılın. Şahsi değerlerimize ne kadar bağlı olsak da partnerimizinkiler de önemlidir. Bu alıştırmanın amacı da işte bunu ortaya koymaktır.

86

Durugörü

Görme yeteneğinizi kullanmaksızın partnerinizi nasıl algıladığınızı değerlendirmenize olanak tanıyacak bu oyunda gözlerinizin bağlı olması gerekiyor. Aranızdaki mesafe en fazla üç metre olmak üzere partnerinizle karşı karşıya durun –oturuyor veya ayakta olmanızın bir önemi yok– ve ciddiyetinizi koruyarak bakışınızı onun üzerine dikin. Kendinizi hazır hissettiğinizde gözlerinizi bir fularla örtün. Partneriniz bir hareket yaparak duruşundaki bir şeyi değiştirecek; size de bunun ne olduğunu tahmin etmek düşüyor! Hiç de kolay değil, ne dersiniz?

Bu oyunda başarılı olmak için partnerinizin görüntüsünü zihninizde canlandırmanız ve size yol gösterebilecek tüm ipuçlarını (bunlar ne kadar ince olurlarsa olsunlar) tespit etmeniz gerekir. Duygu ve düşüncelerinizi uzun uzun yoğunlaştırın ve yanıtınızı verin. Tam isabet mi? Bravo, ne yetenek ama! Genellikle başarısız mı oluyorsunuz? Sakın endişelenmeyin. Kimi insanlar bu konuda diğerlerinden daha yeteneklidir ve bunun hiçbir mantıklı açıklaması yoktur.

87
Bulut falı

Kökenbilim açısından baktığımızda, Latince *nuba* kökü bulut, bulutlar anlamına gelir. *Nubamancie* kelimesi de, bununla bağlantılı olarak, bulutların biçimlerini ve seyrini gözlemleyerek gelecekten haber vermeyi mümkün kılan kehanet tekniğidir. Yere sırt üstü uzanarak, bu şiirsel falcılık yöntemini birlikte tecrübe edin. Eğer toprak soğuksa, altınıza bir şey sermeyi ihmal etmeyin.

Önce gözlerinizin önünde gezinen bulutları özgürce yorumlayın. Neye benziyorlar? Hayvanlara mı, insanlara mı, ağaçlara mı, yoksa okyanusa mı? Sizce bu bulutlar size hangi gizli mesajları yolluyorlar? Partnerinizin algılarına ve düşlemlerine dikkatinizi verin ve onları sevin. Ardından ilişkinizi sembolize edecek bir bulut seçebilir ve güzergahını seyre dalabilirsiniz. Bulutunuz başka hangi bulutlara doğru gidiyor? Bu sizin için ne anlama geliyor? Hayal gücünüzü serbest bırakın. Bu oyun hiçbir tehlike barındırmadığı gibi birlikte hayal kurmanıza da fırsat tanır. Bu da az şey değildir!

88
Mağaza oyunu

İşte birbirimizden farklı olarak nasıl hareket ettiğimizi anlamak için oldukça sürükleyici ve bir o kadar da zengin bir oyun. Bu oyun için yarım gününüzü ayırmanız gerekiyor. Çok büyük bir kentte, daha önce hiç ayak basmadığınız çok büyük bir mağaza ya da alışveriş merkezi seçin. Bu mağazanın koridorlarında ve katlarında birbirinizi kasten kaybedecek ve yalnızca sezgilerinize dayanarak, başka hiçbir doğrudan iletişim imkanı kullanmaksızın, birbirinizi en hızlı şekilde bulmaya çalışacaksınız. İçeriye ilk önce kimin gireceğini saptamak için kura çekin ve birbirinizin peşine düşmeden önce on dakika bekleyin. Kurada siz çıktıysanız, doğal olarak mağazanın girişinde dikilip partnerinizi beklemeyeceksiniz. Oyunu hakkını vererek oynayın ve önceden hiçbir anlaşma yapmayın. Burada amaç önce birbirini kaybetmek ve ardından, stratejiler geliştirerek, tekrar kavuşmaktır. İkiniz de hangi tip stratejilere öncelik tanıdığınıza dikkat edin. Kapanış saati geldiğinde hâlâ birbirinizi bulamamışsanız oyuna başladığınız yere geri dönün.

Bu gerçekten aydınlatıcı bir oyundur. Denemeye cesaretiniz var mı?

Bu oyun bize salt şahsî bir yargıya dayanarak bir seçim yapamayacağımızı, ötekinin stratejisini de (ki o da çözüm bulmak için bizim izleyeceğimiz yolu kendince keşfetmeye çalışıyordur) göz önünde bulundurmamız gerektiğini öğretir. Birbirinizi bulduğunuzda sevgiyle sarılın. Nasıl düşündüğünüzü ve nasıl hareket ettiğinizi anlamak için sakin bir yerde sohbet edebilirsiniz ama karşınızdakini ve kendinizi ne eleştirin ne de kınayın. Sitem etmekten de kaçının.

OKŞAMALARININ TADINI ÇIKARMAK

Okşama sanatı üzerine yazılmış çok sayıda eser vardır ve bunlardan bu konuda her şeyi öğrenmek mümkündür. Dokunuşlar arzu oyununda çok önemli bir yere sahiptir ve şehvet uyandıran eşi benzeri bulunmaz bir güçleri vardır. Hem dokunan hem de dokunulan kişiye mutluluk verdikleri gibi heyecan uyandıran çok özel bir samimiyetin de anahtarıdırlar. Okşamalar bizi dinlendirir, arzumuzu alevlendirir ya da dayanılmaz olurlar ama bizi asla duyarsız bırakmazlar.

Sıcaklık hissi, bitkinlik, titremeler, dalgalanmalar hissettirerek tenimizi sorgularken beynimizde en ilkel dürtülerimizin bulunduğu kısmı gıdıklarlar. Ayrıca hem kendimize hem de ötekine duyduğumuz güveni artırırlar. Okşamalar hem ruh hem de beden için kutsal bir nimettir. Bu bölümde tatlı dokunuşlarınızı çeşitlendirmeniz için bazı şiirsel veya muzip fikirler önereceğiz. Ama, bir defa daha tekrarlıyoruz, okşamaların muhteşem evreninde yaratıcılığınızı konuşturmaktan çekinmeyin.

89
Dört element

Okşama oyunlarınızda partnerinizin bedeniyle beraber dört elementi, yani toprak, su, hava ve ateşi tecrübe edin.

O kilden oluşmuş ve siz de ona hayat vermek için bu şekilsiz maddeyi ellerinizle ısıtacak, okşayacak, ıslatacak ve yoğuracak olan heykeltıraşsınız.

O güneşin altında uzun bir süre yürüdükten sonra üzerine doğru eğildiğiniz, suyu berrak bir pınar.

Siz bir meltemsiniz ve zincirden boşanıp bir boraya dönüşmeden önce onun ovalarını ve vadilerini yalayıp geçiyorsunuz. Oyundan hemen önce nefesinizi serinletmek için bir miktar meyveli dondurma tüketebilirsiniz.

Siz bir saman çöpüsünüz ve kendinizi büyük bir zevkle onun ılık alevlerine bırakıyorsunuz. Saçlarınız, parmak uçlarınız, diliniz, kirpikleriniz, cinsel organınız... Partneriniz sizi kavuruyor ve onun için arzuyla yanıp tutuşuyorsunuz...

Ötekinin bedenini bir keşif alanı gibi kullanan oyunlar hayal gücümüzü canlandırır ve alışılmış veya hep aynı şekilde tekrarlanan okşayışlardan kaçınmamıza olanak tanır.

90
Manzarayı okşamak

İşte gerçekten de şehvetli olan, büyük ölçüde nazik olmayı ve biraz olsun hüner ve doğaçlama becerisi gerektiren, keşfe dayalı şiirsel bir oyun. Partneriniz, gözleri kapalı veya bağlı şekilde, yatağa veya divana uzanıyor. Son derece rahat ve dingin olmalı. Bu alıştırma için ideal olan partnerinizin çıplak olması ise de, eğer bu onun için bir sorun teşkil ediyorsa, bu ilk tecrübe için iç çamaşırlarıyla kalabilir. Arka planda hafifçe duyulacak rahatlatıcı bir müzik açın ve ışığın çok parlak olmamasına özen gösterin. Odanın da yeterince sıcak olmasını sağlayın.

Sessizce partnerinize bakın ve ondaki güzel, duygulandırıcı ve heyecan veren şeylerin farkına varın. Ardından, acele etmeksizin ve fazlasıyla özen göstererek hareket edeceksiniz. Partnerinizin bedeninin vadileriyle, tepecikleriyle, ovalarıyla, dereleriyle, boğazları, ormanları ve çayırlarıyla bir manzara olduğunu hayal edeceksiniz...

Sevgilinizin bedenini parmak uçlarınızla okşayarak bir gezintiye çıkın ve katettiğiniz yollardaki manzaraları tarif edin. Bu yerlerin güzelliği, hatların zarafeti, çukurların sıcaklığı karşısında kendinizden geçin. Eğer çok esinlenirseniz, bir masal hayal edin ve sahneye bu yörede gezinen minik karakterler koyun. Gıdıklayabilir, hafifçe okşayabilir, tırmalayabilir, bastırabilir, tadına bakabilirsiniz. Onu ayrıca kirpikleriniz ve saçlarınızla da okşayın. Nefesinizin sıcaklığını ve dudaklarınızı da kullanın.

Partnerinizin yüzünü ve ayaklarını ihmal etmeyin. Bunlar dokunuşa karşı çok hassas olan yerlerdir. Cinsel organı uğranması zorunlu bir yer olarak düşünmeyin.

Dokunuşlardan aldığımız zevk hayvani yanımızın belirtisidir ve büyük ihtimalle, bu cinsel anıları birleşmenin anısından da derinlerde bir yerde sıkı sıkıya demirlenmiş olarak koruruz.

91
Sözel okşamalar

Şefkat veya şehvet dolu dokunuşlar gibi kelimeler de özellikle coşku verici okşamalara dönüşebilirler. Yeter ki bu sözcükleri duyanın ruh hali bu gezintiye izin versin. Eğer isterseniz, vücudunuzu tamamen karşınızdakine sunmak için çıplak olmayı tercih edebilirsiniz. Veya gizemi korumak için giysilerinizle kalabilirsiniz...

Partnerinizin teninize, yüzünüzün detaylarına, kokunuza, saçlarınıza, vb. odaklanarak yumuşak, etkileyici veya tahrik edici kelimelerle yanıtlaması gereken soru "Bende sevdiğin şey nedir?" olacaktır. Tüm söylediklerine güvenin ve bırakın sizi kelimeleriyle okşasın. Burada tek kural partnerinizin oyun süresince size fiziksel olarak dokunmaması gerektiğidir.

Arzunuzun gittikçe arttığını hissediyor musunuz?

Partneriniz fantezilerle heyecanınızı artırarak, size dokunmaksızın cinsel doyuma ulaşmanızı sağlayabilir. Bu macerada içinizdeki yasakları ve yerleşmiş kuralları boş vererek kendinizi partnerinize emanet edin. Sevmek yaratıcı bir eylemdir, sakın unutmayın!

92
Önce müzik!

Arp, viyolonsel, borazan ya da konga*; partnerinizin çıplak bedeni bir müzik enstrümanıdır. Çalmayı becerebilecek ve hangi enstrümanın söz konusu olduğunu bulmasına yardımcı olabilecek misiniz? Sürekli aynı nakaratı tekrarlamayın; ritmi ve dokunuşlarınızı değiştirip çeşitlendirin. Yumuşak, ahenkli, neşeli, yaratıcı, haylaz olun ya da tam tersine tüm coşkunuzla capcanlı bir ritim tutturarak doğaçlama yapmaya girişin. Kısacası sert davranmaktan endişe duymaksızın enstrümanınızın tüm imkanlarından faydalanın.

Partneriniz kendisinin hangi enstrümanın ete kemiğe bürünmüş biçimi olduğunu bulabildi mi? Evet mi? Bravo! Şaşırtıcı bir el beceriniz ve gerçek bir ritim anlayışınız var. Sırf zevk için son birkaç ölçüyü tekrarlamaya ne dersiniz?

Müzik hiç kuşkusuz duyguları yumuşatır. Ama partnerinizin vücudunda istediğiniz yerlere kelimeler yazarak da hoşça vakit geçirebilirsiniz. Bu kelimeleri parmağınızla, bir tüyün ucuyla veya bir ufak bir tahta parçasıyla çizin. Sevgiliniz satır aralarını okumayı bilebilecek mi?

---

* Konga: Yaklaşık 25-30 cm. çapında, 90 cm. yüksekliğinde olan bu enstrüman elle çalınan, boyundan askı ile asılan veya müzisyenin bacakları arasına sıkıştırdığı bir tür davuldur. Başta adını aldığı konga dansı olmak üzere Afrika ve Küba müziğinde ritim enstrümanıdır –Ç.N.

93
Elleri kullanmak yok

Şimdi bahsedeceğimiz oyunu oynamadan bu kitabı kütüphanenize kaldırırsanız gerçekten yazık olur. Bu oyun için iki kişinin –partneriniz ve siz– sığabileceği bir duş veya küvet ve bir parça da beceriklilik gerekiyor. Kural oldukça basit zira yapmanız geren tek şey birbirinizi ellerinizi kullanmadan yıkamak. Yanınıza köpüren bir duş jeli veya sıvı sabun alın ve suya atlayın!

Sonradan aynı şeyi size yapacak olan partnerinizi sabunlamak için bedeninizi, bacaklarınızı, kalçalarınızı, omuzlarınızı, saçlarınızı, ağzınızı kullanın. Bu alıştırma oldukça basittir ve çabalarınızın karşılığını duyumsayacağınız yeni hislerle ödüllendirilerek alacaksınız. Tenleriniz birbirine değdiğinde ortaya çıkan hoş duyguyu yaşamak için sıcak duşun altında birbirinize sarılabilir, sürtünebilirsiniz. Bu tecrübenin ilginç olmadığını söylemek mümkün değil.

Daha sonra ellerinizi tekrar kullanmakta, partnerinizi şampuanlamakta ve bir banyonun sunduğu bin bir nimetle daha nice oyun tasarlamakta özgürsünüz. Kuruduktan sonra örneğin saç kurutma makinesinin ılık havasını sevgilinizin teninde dolaştırarak veya saçlarını şekillendirerek, vb. hoş vakit geçirebilirsiniz. Yaratıcı olun!

94
Kör kucaklaşma

Bu alıştırmayı yapmak için en uygun yer geniş bir kırlık veya çayırlık arazidir, ama evinizde de yapabilirsiniz. Evde olduğunuz takdirde, en geniş odaya geçin ve bacaklarınızı yara bere içinde bırakmamak için köşeli mobilyaları kenara çekin. Beraberce boş alanın tam ortasında durun ve otuz saniye kadar birbirinize sarılın. Ardından gözlerinizi kapayın, kollarınızı gevşetin ve, her ikiniz de –eğer kapalı bir mekandaysanız arkanızdaki duvara sertçe çarpmamaya dikkat ederek– geriye doğru altışar adım atın. Biraz deneyim ile aranızdaki mesafeyi iki katına çıkarabilirsiniz. Sessizliğinizi koruyun... Gözlerinizi kapalı tutmaya da devam edin... Şimdi el yordamıyla birbirinizi tekrar bulmanız ve yeniden kucaklaşmanız gerekiyor... Eğlenceli, öyle değil mi?

Bu küçük oyunu çıplak olarak da oynayabilirsiniz. Böylesi çok daha şehvetli ve zevkli olacaktır, tabii oyunu bir parkta güpegündüz oynamıyorsanız!

AŞK YAPMAK

Önceki kitabımızda* bedensel ve cinsel öğelerin bir çiftin sinerjisinin nasıl ayrılmaz birer parçası olduğunun altını çizmiştik. Kişinin kendini cinsellik aracılığıyla ifade etmeyi –ve özellikle bunun fazla abartılmaması için oyunları kullanmayı– öğrenmesi sevgiye ve işbirliğine büyük bir güç kazandırır. Ama kendimize ve partnerimize dair kendi kendimize oluşturduğumuz imajlardan kaynaklanan birçok nedenden ötürü libidomuz zamanla azalmaya başlar.

Üstüne üstlük, içinde yaşadığımız Batılı toplumlardaki ticari pornografi kültürü bizi klişelerle, standartlarla, ölçü ve örneklerle öylesine boğar ki şiirsellik orijinallik eksikliğiyle orantılı hale gelir. Aramızda kalsın ama cinsel organınızın ortalamadan beş santim kısa olmasının, kollarınızın el arabası pozisyonu için fazla uzun gelmesinin veya partnerinizin avizeye tırmanamayacak kadar kilolu olmasının ne önemi var? Aşka güvenmeyi ve canınızı sıkmadan gerçekten eğlenmeyi istemez misiniz?

Hızlı bir durum saptaması yaptıktan sonra, bu bölüm size ilişkinizde arzuyu ve şehveti korumanın veya geri getirmenin eğlenceli ve basit yollarını gösteriyor. Ama bir tutam yaratıcılıkla –herkesin o kadar yaratıcılığı vardır!– daha başka faaliyetler bulabileceğinizden bir an bile şüphe etmiyoruz. İşin en zor kısmı ilk adımı atmaktır; gerisi kendiliğinden gelir...

---

* *36 jeux drôles pour pimenter votre vie amoureuse (Aşk hayatınızın tuzu biberi 36 eğlenceli oyun)*, Montréal, Les éditions de l'Homme, 2002.

95
Ufaklığı sirke götürmek

Cinsel eylemi başlatmak için ilk adımı genellikle hanginiz atar? Partneriniz mi? Siz mi? Yoksa değişiyor mu? Dizginleri kimin ele alacağına karar vermek için bir ritüel oturttunuz mu? Örneğin yağmurlu ve karlı günlerde o, güzel havalarda siz?

Sevişmek istediğinizi birbirinize belli etmek için özel bir cümle, bir parola kullanın; örneğin "Ufaklığı sirke götürmek istiyorum" veya "Yılan mağarada saklambaç oynamak ister mi?"

Sevişirken güneş ışığını sevenlerden misiniz yoksa ışıkları yakmayı mı tercih edersiniz? Alacakaranlık mı size daha çok uyar yoksa zifiri karanlık mı? Bu tarz her ikiniz için de uygun mu?

Hangi mekanları tercih ediyorsunuz? Yatak odasındaki yatak, salondaki masa, temizlik maddelerini koyduğunuz gömme dolap, banyo, garajdaki tezgah, bahçedeki ağaç?. Bu mekanlar her ikinizi de tatmin ediyor mu, yoksa değiştirmeyi mi istiyorsunuz?

İlişki sırasında konuştuğunuz, bağırdığınız, güldüğünüz veya bir şarkı mırıldandığınız oluyor mu, yoksa daha çok ağırbaşlı bir tarzınız mı var? Cinsellik konusunda hoşunuza giden şeyi istemeyi ve sizi memnun etmeyeni söylemeyi becerebiliyor musunuz?

Peki bize yedi farklı sevişme biçimi sayabilir misiniz?

Ayrı ayrı birer sayfa kağıt alın ve herhangi bir sıralama gözetmeksizin bunlardan bir liste oluşturun. Sonra kağıtlarınızı değiş tokuş edin ve partnerinizden yazdığınız önerileri kendi tercihine göre –birden yediye kadar numaralandırarak– sıralamasını isteyin. Siz de onun listesi için aynı şeyi yapacaksınız. Yanıtlarınız sizi şaşırttı mı? Aşk hayatınızı renklendirmek için bu alıştırmadan esinlenmeyi düşünmez misiniz?

96

İlk adımı kim atıyor?

Fiziksel yakınlaşmayı ve aşk eylemini başlatmak için ötekine doğru bir adım atmak ilişkilerde kimi zaman ciddi sorunlara neden olan bir girişimdir: Partnerini gücendirmekten ya da rahatsız etmekten çekinmek veya tam tersine onu istemediği bir şeyi yapmaya zorlamak, ilk adımı karşı tarafın atmasını pasif bir şekilde beklemek, cinsî sapık olarak görülmekten korkmak, ötekine boyun eğdirmek veya onu aşağılamak, kurban rolü oynamak veya cinsel şantaj yapmak...

Cinsellik ilişkilerde bir anlaşmazlık konusu haline gelebilir ve kökleri bazen çok daha derinlerde olan bir krizin açığa çıkmasına neden olabilir. Ama bu zor durumların haricinde partnerimizin sevişmek isteyip istemediğini nasıl anlayabiliriz?

Her ikinizin de partnerinizin rızasını almak için onu baştan çıkarma, zaman zaman hazırlıksız hareket etme ve hatta bazen reddedilmeyi kabullenme yükümlülüğünüz olduğu gibi, arzularınızı veya isteğinizi açık açık telaffuz etmeden anlaşmak için şifreli bir iletişim biçimi üzerinde karar kılmanız da mümkündür.

Basit ve ölçülü sinyaller kullanın. Örneğin diş fırçası musluğun yanındaki bardakta ters duruyorsa, bu "Hayır canım, bu gece olmaz" anlamına gelir. Eğer konsolun çekmecesi tam kapanmamışsa, bunun anlamı "Hayır demiyorum ama biraz uğraşman gerekebilir"dir. Ve eğer duvardaki tablo bir parça eğilmişe, bu "Seni deli gibi istiyorum... Hadi hayatım, bayılmak üzeriyim!" demektir. Bu formüllerin değeri basit olmalarından ve anlam belirsizliğine veya yanlış anlamalara meydan vermemelerinden kaynaklanmaktadır. Ne de olsa sevdiğimiz insanla aşk yapmak kadar doğal bir şey olamaz ve bu zirve toplantısı gerektiren bir konu değildir!

97
Kaplumbağa

Kaplumbağanın en çok korktuğu şey ters dönmektir. Bu düşünce onun kanını dondurur, zira böyle bir durumda tekrar yere ayak basma şansı neredeyse yok demektir ve güneşin alnında, kabuğunun altında kavrulup gitme tehlikesiyle karşı karşıyadır.

Beden bedene oynanacak bu oyunda, biriniz ters dönmemek için çırpınıp duran ve tüm enerjisini bu yönde harcayan kaplumbağayı, diğerinizse onu ters çevirmek için uğraşan haytayı canlandıracak!

Yalnız dikkat! Oyun sırasında şiddete başvurmayın ve birbirinize hoyrat davranmayın; tabii oyundan önce bu tip hareketlerin yapılabileceği konusunda oturup anlaşmadıysanız. Bir yerlerinizi çarpıp kendinize zarar vermemek için yeterince yumuşak bir mekan seçin –süngerli veya yünlü kadife döşeme, tatami* veya çayırlık, vb.– ve etrafınızdaki olası seyircileri niyetinizin ne olduğundan haberdar edin.

En sonunda pes ettiğinde, talihine boyun eğen bu kaplumbağacığı hemen soyup tadına bakabilirsiniz. Gerisini hayal etmek size kalmış!

---

* Tatami (Japonca): İlk başlarda hasırdan yapılan, günümüzde başka maddelerden de imal edilen ve özellikle judo, karate vb. gibi dövüş sanatlarında kullanılan bir tür yumuşak halı –Ç.N.

98

İlk sefer

Şöyle bir durum hayal edin... Çok katı bir eğitim almış ve aşırı utangaç olan sevgiliniz bir bakir(e) ve fiziksel aşkın ne olduğuna dair en ufak bir fikri bile yok. Birkaç haftadır aklını çelmek için dil döküyorsunuz ama hep eliniz boş dönüyorsunuz... Ama işte artık kararını veriyor ve tam bir güvenle kendini size ve maharetli ellerinize teslim ediyor: Öğreteceklerinizi can kulağıyla takip edeceğini ve söylediklerinizi kelimesi kelimesine yerine getireceğini söylüyor. Nazik, anlayışlı ve dikkatli bir öğretmen olabilecek misiniz? Göreceğiz bakalım!

Size tek bir tavsiyemiz var: Kendinizi oyuna kaptırın. Bu ilk cinsel deneyim mizansenine, öncelikle her ikinizin de bundan büyük zevk alması amacı ile, kesinlikle suçluluk duymadan teslim olun. Kötü bir şey yapmıyorsunuz ve eğlenmek –Tanrı'ya şükür– hâlâ serbest. Bu oyun fikrinin size hissettirdiklerinin tadını çıkarın ve partnerinizin hoşuna gidecek bir mekan seçin: Bir otel odası, göl kenarında bir balıkçı kulübesi veya bir yeraltı geçidi. Birbirinize randevu verin ve fiziksel görünümünüze özen gösterin. Ses geçirmez bir ortam hazırlayın, gerekirse aksesuarlar bulundurun ve güven uyandırıcı bir tutum benimseyin. Peşinizden kovalayan varmış gibi acele etmeyin. Bu partnerinizin gerçekten ilk seferiymiş gibi büyük bir yumuşaklık ve tatlılıkla hareket edin. İşte dekor böyle... Devamını size bırakıyoruz...

Çok basit olan bu oyunun ne kadar keyif verdiğini göreceksiniz.

99
Afrodizyak

Aşağıdaki senaryoyu okuyun ve hayal gücünüzü tamamen serbest bırakarak (siz veya partneriniz) bu temanın doğaçlama olarak devamını getirin. Rolü kimin üstleneceğinin seçimini talihe bırakabilirsiniz. Her ne olursa olsun, yeteneğinizin de yardımıyla, öteki de uzun süre pasif kalmayacaktır!

O hınzır partneriniz size fark ettirmeden yemeğinize afrodizyak bir madde karıştırdı. Bu madde sizi fazlasıyla etkilemiş ve çok, çok, çok heyecanlanmanıza neden olmuş gibi davranacaksınız. Örneğin ateşli bir striptiz yapmaya başlayabilir, açık saçık laflar söyleyebilir, gözlerinizi yumarak ve inleyerek partnerinizi okşayabilir, onu soymaya girişebilir, şehvetli bir biçimde dans edebilir, kendinizden geçmiş gibi yaparak kendinizi okşayabilirsiniz. Nasıl istiyorsanız öyle davranın. Burada önemli olan afrodizyak almış birinin kimliğine bürünmeyi başarabilmeniz ve kendinizi oyuna teslim ederek kontrolü elinizden bırakabilmenizdir. Bunun için birbirinize tamamen güvenmeniz gerekiyor. Arzunun titreşimlerini duyumsamak için başlıca kilit noktalardan birinin de bu olduğunu sakın unutmayın.

100

Hiçbir şey yokmuş gibi

Birçok ülkede, bu iş için ayrılmış mekanlar dışındaki kamuya açık yerlerde erotik eylemlere açıkça girişmek hukuken yasaklanmıştır. Bunu söyledikten sonra, ölçülü bir biçimde ve kimseyi şoke etmeden kendi kendinize tahrik edici küçük oyunlar oynamanızı engelleyen hiçbir şey olmadığını da eklemek isteriz. Bu alıştırma, partnerler arasındaki işbirliği göz önünde bulundurulunca, ilişki için özellikle heyecan verici ve uyarıcıdır. Bunu size garanti ediyoruz. Örneğin şunları deneyebilirsiniz:

- Toplu taşıma araçlarında yolcu sayısının en fazla olduğu saatlerde, hiçbir şey yokmuş gibi davranarak fordculuk oynamak.
- Mantonuzun altına hiçbir şey giymeyerek ya da çok az şey giyerek yürüyüşe çıkmak ve bir süpermarketin reyonları arasında kovalamaca ve "Ce-e! Bak burada ne var?" oynamak.
- Asansör iki kat arasındayken durdurma düğmesine basmak. Oldukça bilinen bu oyun hiçbir tehlike teşkil etmez.
- Bir hazır giyim mağazasında deneme kabinini paylaşmak.

Ama dikkat: Biz size hiçbir şey söylemedik! Her halükarda dikkatli olmalısınız, zira Bay Herkes'in merakı muzip oyunlarınız için kötü sonuçlar doğurabilir ve polis eylemlerinizin hesabını mahkemede vermenizi isteyebilir. Böyle bir şey başımıza hiç gelmediyse de, pek de eğlenceli bir son olmadığını tahmin edebiliyoruz.

101 Öneriler

Cinsellik yalnızca bir teknik işi veya tamamen mekanik bir eylem değil, sonsuz zenginlikte bir iletişim aracıdır. Burada her şeyden önce söz konusu olan, üremeyle bağlantılı içgüdüsel bir işlev için astar görevi gören bir sanattır. Eğer sevişirken zevk ve mutluluk hissetmiyorsanız, bunu hijyenik gereklilikten dolayı veya üreme amacıyla monoton ve hep yinelenen bir şekilde yapıyorsanız, sihir büyük olasılıkla ortaya çıkmayacak ve siz de gün geçtikçe serpilen samimi bir ilişki yaşama fırsatını yakalayamayacaksınızdır.

Eğlenceli cinsel aktiviteler ve canlandırma oyunları sosyal kimliğinizi ve eğitiminizi bir kenara bırakarak partnerinizle bir bütün olmanıza imkan tanıyabilir. Aşağıdaki olasılıkları test edin; gelişmeleri bize bildirirsiniz!

- Partnerinizle sevişirken, ona onun size genellikle davrandığı gibi davranın. Bu oyun oldukça aydınlatıcıdır ve duyguları paylaşmanın olduğu kadar sevdiğimiz veya sevmediğimiz şeyler konusunda bir durum saptaması yapmanın da mükemmel bir yoludur.
- Sevişmenizin bir saatten kısa sürmemesini kural kabul edin.

- Çocukken kişiliğinizi oluşturmak için hiç şüphesiz farklı oyunlar oynardınız. Çocuk ruhunuza tekrar kavuşun ve doktorculuk, kırmızı başlıklı kız, kedi-fare oyunlarının muzip versiyonlarını icat edin.
- Aşk oyunlarınız için her seferinde farklı bir konu belirleyin ve eylemlerinizi bunun çevresinde gerçekleştirin. Örneğin "ağız" temasına ayırdığınız bir geceye egzotik bir yemekle başlayabilir, ardından yumuşak öpücüklerin tadına bakabilir, sonra da daha ateşli faaliyetlere geçebilirsiniz!

PERDEYİ ÇEKMEK

Eğer birbirinizi seviyorsanız, önce kendinizi sevin! Ve bu kesinlikle başlangıçta göründüğü kadar saçma bir düşünce değildir. İşte nedeni... Aşkta, tükenmeyen tüm doğal kaynakları elimizde bulundururuz ve birlikte yaşadığımız kişiyi gerçekten sevebilecek güçteyizdir. Aşk bir petrol kuyusu gibi kuruyabilecek bir şey değildir. Tam tersine! Kendimizden ne kadar çok verirsek o kadar üretiriz. Bizi bunu yapmaktan alıkoyan şeyleri birkaç satırda anlatmak mümkündür...

Öncelikle alışkanlığın enerjisi ve en az çabayı gösterme kuralına boyun eğmişliğimiz vardır ki bunlar aslında ışıl ışıl olan aşkımızın bayağılaşmasına neden olur. Ayrıca geçmiş deneyimlerimizi, kendimize karşı duyduğumuz güvensizliği ve ötekine karşı duyduğumuz korkuyu yansıtan bir tür sevme endişesi de söz konusudur. Kişisel engellerimiz dünyayı algılayışımızı kısıtlar ve neredeyse hepimizin bunlara körü körüne inanmak gibi tuhaf ama bir o kadar da korkunç bir alışkanlığı vardır. Bu tutum ilişkimizdeki birçok çatlağın kaynağında yatar, çünkü prensip olarak, kişisel ihtiyaçlarımızı ortaya çıkarmayı veya duygularımızı ifade etmeyi ihmal ederek tüm hataları partnerimize yükleriz.

Tüm bunların yanı sıra filozof Erich Fromm'un* da vurguladığı gibi, aşk ne prestij ne servet ne de maddi rahatlık getiren bir sanattır. Başka bir deyişle, Batılı toplumların güçlü değerlerini oluşturan hiçbir şeyi getirmez. Hız, dürtüsel davranış, şiddetli narsisizm ve ihtiyaçların hızla karşılanması üzerine kurulan bir kültürde, gerçek aşk mutluluğun anahtarı olarak değil de saf bir eğlence gibi görülür. Ne yazık!

Her çiftin harikulade bir güce sahip olduğuna ve partnerlerin birlikte daha iyi bir yaşam inşa etmek ve aşk ilişkisini aydınlatmak için gerekli tüm becerilere sahip olduğuna inanıyoruz. Gündelik hayatınızı yeniden tasarlamanız için sizi cesaretlendirmiş olmayı tüm kalbimizle umuyoruz.

Bu kitabı sevdiyseniz, bize soru sormak istiyorsanız ya da kişisel deneyimizi bizimle paylaşmayı arzu ediyorsanız İnternet'teki posta kutumuz hizmetinizdedir. Bize şu adresten ulaşabilirsiniz:

courrier@albertinemaurice.com

Yorumlarınızı büyük bir zevkle değerlendireceğimizden hiç kuşkunuz olmasın. Ayrıca İnternet sitemizi de ziyaret edebilirsiniz:

www.albertinemaurice.com

---

* Erich Fromm, Sevme Sanatı, Ekol Basım Yayın Dizisi, İstanbul, 1993
Erich Fromm, Sevme Sanatı, Doruk Yayınları, Ankara, 2003
Erich Fromm, Sevme Sanatı, Say yayınları, İstanbul, Mart 2004
Erich Fromm, Sevme Sanatı, Payel yayınları, İstanbul, Ocak 1995
Erich Fromm, Sevme Sanatı, Öteki Yayınevi, Ankara, 1997 –Ç.N.